U0909896

季节 著
真傻
想告诉你
我不是风
而是一只鸟
一只含泪的鸟……
真想
黄昏雾晨
衔一根根树枝
垒起青青的
青青的小窝……
——《我曾是风》
古迹·名女人

中国财富出版社

图书在版编目（CIP）数据

古迹·名女人/季节著.—北京：中国财富出版社，2015.7
ISBN 978-7-5047-5744-9

Ⅰ.①古… Ⅱ.①季… Ⅲ.①随笔—作品集—中国—当代
Ⅳ.①I267.1

中国版本图书馆CIP数据核字（2015）第126444号

策划编辑	姜莉君	**责任印制**	方朋远
责任编辑	姜莉君	**责任校对**	梁　凡

出版发行	中国财富出版社		
社　　址	北京市丰台区南四环西路188号5区20楼	**邮政编码**	100070
电　　话	010-52227568（发行部）		010-52227588转307（总编室）
	010-68589540（读者服务部）		010-52227588转305（质检部）
网　　址	http://www.cfpress.com.cn		
经　　销	新华书店		
印　　刷	北京京都六环印刷厂		
书　　号	ISBN 978-7-5047-5744-9/I·0197		
开　　本	880mm×1230mm　1/32	**版　　次**	2015年7月第1版
印　　张	5	**印　　次**	2015年7月第1次印刷
字　　数	112千字	**定　　价**	19.80元

前　言

从小我不是一个爱讲话的孩子，爱静、爱看天上变幻的云。我上有一个姐姐，下有一个妹妹，这让居中的我显得无足轻重。最记得父亲对我们三姐妹的教育是“国家兴旺，匹女也有责”，这让渐渐长大的我对名女人有了几分追随和关注。

从小我的愿望是当老师或者作家，但都没能如愿，倒是常有小诗见诸报端。后来进报社当了一名旅游记者，常在动态中行走，很难捉住瞬间即逝的诗境、诗意，让我常瞒着人心痛落泪。曾作小诗一首《诗缘》：“多少次多少次回首，多少次多少次又伫立，偏是生命的绿总落在你的影子里，让我弯腰重又拾起……”这首发表在《解放日报》“朝花”栏目里的小诗很能说明初进报社的我的复杂情怀。

我很相信一句名言：“当上帝关上你的一扇门时，会为你打开另一扇窗。”在20几年的旅游记者生涯中，我自小养成的对名女人的关注恰如其分地溶解在名胜古迹之中，我很用心地去阅读她们，试着剥开人们强加在她们身上的种种，譬如，光环、美誉、金钱、权力、专横、诋毁、诽谤、曲解、误读及被夸大的风情和美貌。我发觉名女人首先是女人，其次因种种的机缘巧合和命理让她们遇到了某件事或某个人，而达到一种高度。这件事或这个人必定是常人不会遇到的，或者说遇到一些有眼不识金镶玉的俗人，放这个机会擦肩而过。但这些名女人有足够的洞察力和福德，再加上有一个识她们、懂她们的高人，而这个人总是异性居多。

我认为成为名女人的一个先决条件，就是能舍小求大，有较大的做人格局，她们不会因为一个炕头、一个娇儿就被锁住一生。在生命的重要转换关头，她们义无反顾，责无旁贷，勇敢坚强，敢舍敢放，无怨无悔，对得起国家或对得起民众。这些名女人大多没有子嗣，没有为自己留下金钱、房产，不放任自己的私欲，高风亮节，燃烧自己，点亮别人，为世界留下很多很多……正是这些交织成了她们成为后人眼中的名女人的基础。

赛金花不识多少字，但她的“国家是每个人的国家，爱国是每个人的本分”让当时的每个中国人认可。就在大清朝的都城（即今北京）要在洋人的炮火中化为灰烬时，赛金花以身体和智慧挡住了灾难，保住了北京城，拯救了百姓。当时的“赛二爷”在老百姓心里要比“老佛爷”重得多！

黄道婆，一个吃尽苦头的童养媳，但她没有像祥林嫂般沉沦，而是以全部精力倾心于纺纱织布里摸索改革，让当年我国的纺织行业在世界一枝独秀，让中国松江成为世界的衣被之乡。我国最初纺织业的形成和规模全都仰仗无家、无夫、无子的黄道婆对纺织业的全面改造。

李清照，一个极具诗词才华的富家女子，但在宋朝面临灭亡，当官者不顾老百姓纷纷逃跑时，作《夏日绝句》：“生当作人杰，死亦为鬼雄。至今思项羽，不肯过江东。”荡气回肠，嘲讽宋朝的无能官僚，显示了一个普通百姓的气节。

明朝名妓董小宛，在相遇冒辟疆后安于粗茶淡饭，守着妇道安静度日。但小宛的日子刚刚安稳不久，冒辟疆连病了两次。第一次是胃病出血，水米不进，小宛在酷暑中熬药煎汤，紧伴枕边照料了冒辟疆六十个昼夜；第二次是冒辟疆背上生疽，疼痛难忍，不能仰卧，小宛就夜夜抱着丈夫，让他靠在自己身上安寝，自己则坐着睡了整整一百天。顺治八年（1651年）正月初二，在冒辟疆痛彻心扉的哀哭声中，小宛仙逝，年仅 28 岁。

武则天，山西文水县人，中国历史上唯一一位女皇帝，也是即位年龄最大（67 岁即位）的皇帝。武则天 14 岁时因长得很美入宫。据说她设计杀死了王皇后，自己当上了皇后。显庆五年（660 年）十月，唐高宗风疾发作，让武则天处理朝政，以后唐高宗的身体每况愈下，繁重的国事必须由武则天来决断。后来唐高宗在洛阳病死，武则天于684 年迁都洛阳，改洛阳为神都，建立武周，自己称帝。

武则天对唐朝发展作出的贡献一是打击了保守的门阀世族，二是促进了经济的发展，三是稳定了边疆形势，四是推动了文化的发展。

武则天去世，享年 83 岁，遗诏“去帝号，称自己为则天大圣皇后”及她的无字墓碑都彰显了老年时期的武则天看淡了人生和权力，回归为一个女人。1000 多年后，中华人民共和国名誉主席宋庆龄先生对其评断：“武则天是中国历史上唯一的女皇帝，封建时代杰出的女政治家。”

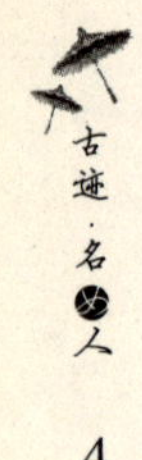

愿本书的出版能为现代女子择偶、做人作个参考。

愿本书的出版能触动女子们充实自己、提高自己。这也包括我自己。

作　者

2015 年 5 月

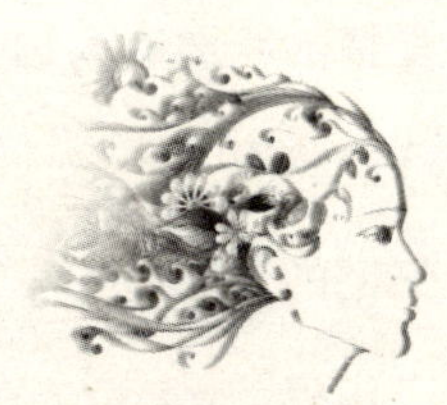

目录

金花记

真傻

想告诉你

我不是风

而是一只鸟

一只含泪的鸟

……

真想

黄昏雾晨

衔一根根树枝

垒起青青的

青青的小窝……

——《我曾是风》

一个身份低贱的风尘中人，一生中两次与历史风云际会，虽为流星一闪，却也足以引起世人的向往与惊叹。赛金花的人生经历，很容易让人联想起法国作家莫泊桑笔下的“羊脂球”。中国台湾学者王德威曾有诛心之论：“《孽海花》的核心，是两个女人对中国命运的操弄。慈禧太后对权力的滥用，几乎导致国破家亡；而赛金花这个欢场女子却凭借名不正、言不顺的特别聪慧和能力，挽救了中国。”

赛金花故居在黄山的西递、宏村之间，其叠山、理水、建筑、植物透着徽派建筑的风韵，这种多变的风格恰如赛金花本人的性格。故居内有赛氏旧居、赛金花书斋、赛用过的水井、赛亲手栽种的海棠花等。赛金花故居资料陈列馆展示了从国内外收购的大量有关她的历史资料和她不同时期的照片，以及刘半农、鲁迅、夏衍等名人对赛金花的评说，充分展示了赛金花扑朔迷离的一生。

赛金花是一个生活在 19 世纪末 20 世纪初，具有传奇色彩的中国女子。她曾作为公使夫人（曾嫁于前科状元洪钧）出使欧洲四国，与德国皇帝、皇后合影；也作为名妓而飞名上海。

在八国联军入侵北京时，因她与德国皇帝、皇后的特殊朋友关系，而游说了八国联军同意议和，辛丑和议即成，保护了北京市民。那时被称为“议和大臣赛二爷”的赛金花成了德国司令部的座上客，她常常身着男装，脚蹬皮靴，同瓦德西一起，骑着战马在大街上并辔而行。八国联军进京后，大力搜剿义和团，北京城里腥风血雨。精通德语的赛金花对瓦德西说：“军队贵有纪律，德国为欧洲文明之邦，历来以名誉为第二生命，尤其不应该示人以野蛮疯狂。”这一席话胜过任何堂而皇之的外交辞令，起到了意想不到的作用。近代作家苏曼殊在《焚剑记》中也曾记述：“彩云（赛金花的本名）为状元夫人，与联军元帅瓦德西办外交，琉璃厂之国粹赖以保存。”那时京城内外，从贩夫走卒到公子王孙，一传十，十传百，赛金花被赋予了救国救民的光环。“议和大臣赛二爷”名满九城。

有诗云“九城芳誉腾人口，万民争传赛金花。”赛金花本是一个烟花女子，但适逢国家大变，偶然有了在欧洲生活几年的经历，又意外地在战火纷飞之中，与敌国元帅瓦德西瓜葛在了一起，成了一场家国大戏的主角。她用女身抵御枪弹，用情色化解战火，老佛爷、皇帝、大臣统统成了陪衬，这样的传奇故事，比那段屈辱的妓女历史更耐人寻味。赛金花和瓦德西到底有没有一场跨国之恋，赛金花是否对《辛丑条约》发生过作用，从正史上可以说是无据可查，不过我国学者在20世纪80年代曾经在德国发现瓦德西卫兵的日记，在这本日记里，有一些描述瓦德西与赛金花交往的细节。

赛金花曾经三度嫁作人妇，又三度丧夫。

清朝同治十一年（1872年）十月初九赛金花生于安徽黟县，后随父亲移居到苏州，幼年被卖到苏州的“花船”上为只卖唱不卖身的“清官人”，大大出名。她除了名列“清末四大谴责小说”的《孽海花》主角，还有多部笔记和小说涉及她的故事。光绪十三年（1887年），适逢前科状元洪钧回乡守孝，对当时名叫傅彩云的赛金花一见倾心，遂纳为妾，洪时年48岁，傅彩云年仅15岁。一个风尘女子能够嫁给状元首先就是一件不同寻常的事，这事又引出了另外一个在当时颇为流行的传说。传说洪钧未中状元之前，曾经受到过一个妓女小青的资助，和所有“公子落难美人相救”中故事的男女主人公一样，洪钧和小青也订下了白头之约，中了状元的洪钧同样觉得娶妓为妻有损自己的体面，于是抛弃了前盟。小青最初沉浸在被人称为“状元夫人”的喜悦中，得知被弃后愤然上吊自杀。因此，在《孽海花》中，出场时的“花榜状元”傅彩云脖子上有一圈与生俱来的红丝，足以让男主人公金雯青（洪钧字文卿，此处影射很明显）明白她是小青的后身，遂有隔世重逢之感，纳为小妾。1887 年，洪钧奉命出使欧洲，为驻俄罗斯帝国、德意志帝国、奥匈帝国和荷兰四国公使，夫人王氏不愿去异域洋邦，遂借诰命服饰给彩云，命她陪同洪钧出洋。赛金花和洪钧在海上走了一个月，到达意大利港口热那亚后改乘火车，直达德国柏林。由于赛金花年轻美貌，长于辞令，很快便闻名于欧洲上流社会，德国皇帝和皇后召见了她并与她合影。赛金花身姿绰约，娇嫩雪白的肌肤和水灵灵的一双妙目，细瓷般的气韵震住了德国皇帝和皇后，让他们真正见识到了东方美女的风采。三年中赛金花还会晤过桀骜不驯、脾气火爆，“必须用武力，用铁和血来解决重大政治问题”的德国首相俾斯麦，游历过柏林、圣彼得堡、巴黎和伦敦。在欧洲三年，是赛金花一生最为亮丽的三年，也使她人生的历练进入了高潮。三年中，赛金花凭她的聪明伶俐，居然学得了一口流利的德语，这是她传奇经历到达巅峰的筹码。三年任期满后，傅彩云同洪钧归国，不久洪病死。1894 年，傅彩云在送洪氏棺柩南返苏州途中，潜逃至上海为妓，改名“曹梦兰”。后至天津，改名“赛金花”，大红大紫于声色界。1903 年，赛金花在北京因涉嫌虐待幼妓致死而入狱，解返苏州后出狱再至上海，想在上海重新闯出一片天地，但时过境迁，风光不再。于是赛金花萌生了嫁人好好过日子的想法，她嫁给了沪宁铁路的总稽查曹瑞忠。不过，平静的生活并没有持续多久，辛亥革命后，新丈夫就离开了人世。赛金花重新过起了漂泊不定的生活，只能又回到北京。此时的她虽然饱经沧桑，却依然风姿绰约，装束鲜奇。她与国民政府的参议员魏斯里打得火热，两人同居在前门外的樱桃斜街。有人说赛金花天生就是克夫的命，她与魏斯里的幸福生活只持续了四年，魏斯里就因病去世了。从此以后，珠黄色衰的赛金花和一个保姆搬到北京一条叫作居仁里的小胡同居住，那是靠近天桥的贫民窟。赛金花的日子如江河日下，无儿无女、身无分文的她 64 岁时死于北京，由公众凑钱将她葬于北京陶然亭公园。著名画家张大千为她作肖像画，齐白石为她题写墓碑。

一个身份低贱的风尘中人，一生中两次与历史风云际会，虽为流星一闪，却也足以引起世人的向往与惊叹。赛金花的人生经历，很容易让人联想起法国作家莫泊桑笔下的“羊脂球”。中国台湾学者王德威曾有诛心之论：“《孽海花》的核心，是两个女人对中国命运的操弄。慈禧太后对权力的滥用，几乎导致国破家亡；而赛金花这个欢场女子却凭借名不正、言不顺的特别聪慧和能力，挽救了中国。”

赛金花从来不曾被尊称为革命者。但她死时，当时的报上刊登了一副挽联：“救生灵于涂炭，救国家如沉沦，不得已色相牺牲，其功可歌，其德可颂；乏负廓之田园，乏立锥之庐舍，到如此穷愁病死，无儿来哭，无女来啼。”

赛金花留给北京人记忆最深的一言为：“国家是人人的国家，救国是人人的本分。”

把一块泥，捻一个你，塑一个我

多想

靠着一张男人的肩膀

一张真正的男人的

肩膀

省略

雾一般的甜

浪一般的情

只需轻轻

理清我的乱发

然后

久久对望

——《依傍》

女人能创业者多，能理家者多，能培育子女成功者多，但能在夫妻关系濒临危机的关键时刻，理智聪慧地挽回夫妻关系，又不委屈自己的女人少之又少。那么让我们学一学元代大书画家赵孟頫的夫人也是元代大书画家的管道升是如何治理自己的婚姻危机的。

香海禅寺位于浙江桐乡的濮院镇，创建于元至大二年（1309年），初名福善寺，清顺治皇帝赐额香海禅寺，沿用至今。古就有“福善翠冷、翔云高眺、荷塘晚景、西院缠霞、妆楼旭照、梅泾花舞、幽湖月满”等迷人景色。元朝时重修了天王殿、大雄宝殿，题梁的是元代大书画家赵孟頫。香海禅寺由濮氏先祖濮鉴（字明之）舍宅而建，后因濮氏第六代孙斗公南援护立理宗有功，诏赐其宅为“濮院”。濮鉴生活在宋元易代之际，看透了政治的黑暗，无心仕进，开始经商发了大财，但他轻财重义，聚而能散。濮院的仁寿寺、福善寺、永福寺、报恩寺、普济寺，道观如玄明观及永安、东岳两祠，都是濮鉴创建的。他的好友赵孟頫用“处己以谦，待士以礼”来赞美他。可惜濮鉴51岁就去世了，他的墓志铭也是赵孟頫撰写的。

赵孟頫（1254—1322），字子昂，吴兴（今浙江湖州）人，博学多才，能诗善文，懂经济。特别是书法和绘画被称为“元人冠冕”。他扭转了北宋以来古风渐湮的画坛颓势，使绘画从工艳琐细之风转向质朴自然。

其妻管道升（1262—1319），字仲姬，松江府华亭（今属上海）人，也是元代著名的女性书画家、诗词创作家，世称管夫人。存世的《水竹图》等卷，现藏北京故宫博物院；《竹石图》1帧，藏台北故宫博物院。她最大的一个创举是将观世音菩萨画成善良、智慧的救世美女，这一形象从元代起沿用至今，深得民间百姓的喜爱。管道升天生才姿过人，聪明慧捷，仪雅多姿。中年的她被各种家庭琐事及社会应酬所累，将女性的月华水色消磨殆尽，思想更成熟、性情更急躁。赵孟頫对婚姻的忠贞开始动摇，准备依照时尚纳妾。在这婚姻危机的关键时刻，管道升一不严声厉色，二不逆来顺受，而是以一种高雅通达的情怀作了一首《我侬词》来表达自己对婚姻的坚决守护：“你侬我侬，忒煞情多；情多处，热似火；把一块泥，捻一个你，塑一个我。将咱两个一齐打碎，用水调和；再捻一个你，再塑一个我。我泥中有你，你泥中有我；我与你生同一个衾，死同一个椁。”词中强烈表达了夫妻间的家庭责任感。当赵孟頫看到她的这首词后，不由得被深深打动，从此不再提纳妾之事。这首词也成为表达伉俪情深意笃的千古绝唱。

赵孟頫、管道升夫妇因喜欢福善寺的幽静美丽及世外桃源般的意境；又因和濮鉴为知音好友，便在寺边一处住所住了两年之久，期间他们常在福善寺聚会论诗作画、礼佛，让福善寺一时成为华东著名的文人集聚地。

2001 年香海禅寺面向社会开放，2003 年桐乡市政府又划地百亩，开发扩建。现今的香海禅寺住持贤宗法师曾任普陀山佛学院老师、办公室主任和图书馆馆长。他在 2003 年至濮院任主持后率众发誓以“建精蓝、创特色、树典型”九字为纲领，已将香海禅寺建成集宗教、历史、人文、艺术、园林于一体的精神、文化庙宇及人文新景观。

莫道不消魂，帘卷西风，人比黄花瘦

每年的七夕

霞从晨星中升起

在冷月里躲藏

一天的放纵

换一年的等待

……

痴情男女的表率

牛郎织女

用大地的绿和天边的红

演绎了生生世世金子般的

爱

葡萄架下的故事

从外婆嘴中娓娓延续、伸展

那份凄凉，那份美丽……

让后人倾慕

也让后人笑煞

——《七夕·断想》

浙江金华的李清照纪念堂位于八咏楼内，八咏楼屹立在金华市东南隅，坐北朝南，面临婺江。楼高数丈。楼内雕梁画栋，飞檐朱窗，瑰丽精美。此楼恰如李清照的性格：才高八斗，清白如云，雅致华丽！

李清照（1084—1155），宋代（南北宋之交）女词人，号易安居士，济南章丘人。

“风住香尘花已尽，日晚倦梳头，物是人非事事休，欲语泪先流。闻说双溪春尚好，也拟泛轻舟，只恐双溪舴艋舟，载不动许多愁。”这是李清照晚年客居金华时所著的词《武陵春》。其中的“双溪”就是现在的东阳江、武义江交汇处的婺江。金华古称婺州，因其“地处金星与婺女两星争华之处”而得名，具有1800多年的历史和灿烂文化。绝代才女李清照，晚年为了避乱，历尽沧桑，漂泊无依，流落金华。她的名词《如梦令》：“昨夜雨疏风骤，浓睡不消残酒。试问卷帘人，却道海棠依旧。知否？知否？应是绿肥红瘦！”词中景物雅致，意象清疏，淡淡的风雅中透出少妇的温馨和慵懒，家喻户晓，传诵至今。

李清照出身于书香门第，早期生活优裕。其父李格非藏书甚富，她小时候就在良好的家庭环境中打下了文学基础。出嫁后与丈夫赵明诚共同致力于金石书画的收集整理，共同从事学术研究，生活美满。一年的重阳节，李清照作了那首著名的《醉花阴》，寄给在外地当官的丈夫：“薄雾浓云愁永昼，瑞脑消金兽。佳节又重阳，玉枕纱橱，半夜凉初透。东篱把酒黄昏后，有暗香盈袖。莫道不消魂，帘卷西风，人比黄花瘦。”秋闺的寂寞与闺人的惆怅跃然纸上。赵明诚接到词后，叹赏不已，又不甘下风，就闭门谢客，废寝忘食，三日三夜，写出五十阕词。他把李清照的这首词也杂入其间，请友人陆德夫品评。陆德夫把玩再三，说：“只三句绝佳。”赵问是哪三句，陆答：“莫道不消魂，帘卷西风，人比黄花瘦。”

公元1127年，北方女真族（金）攻破了汴京，徽宗、钦宗父子被俘，高宗南逃。李清照夫妇也随难民流落江南，漂流异地，多年收集来的金石字画丧失殆尽，给她带来沉痛的打击和极大的痛苦。后来金人铁蹄南下，南宋王朝腐败无能，自毁长城。同年，赵明诚被任命为建康知府，在一次城中叛乱时，赵明诚缒城逃跑，使得李清照对其心灰意懒，并于第二年逃亡江西途中，行至乌江时写下有名的《夏日绝句》：“生当作人杰，死亦为鬼雄。至今思项羽，不肯过江东。”这首诗通过赞项羽来讽嘲赵明诚及徽宗父子的丧权辱国。赵明诚自感羞愧，心情忧郁，后死于上任湖州知事途中。在李清照孤寂之时，一官吏张汝舟（又说张汝州）为骗取李清照钱财，趁虚而入，对李清照百般示好。李清照当时无依无靠，便顶世俗之风嫁于张汝舟。婚后，张汝舟发现李清照并没有自己预想中的家财万贯，而李清照也发现了张汝舟的虚情假意，甚至到后来两人拳脚相加。之后，李清照发现张汝舟的官职来源于行贿，便状告张汝舟。在当时的社会环境下，妻子告发丈夫，即使印证丈夫有罪，妻子也要同受牢狱之苦。李清照入狱后，这段不到百天的婚姻就此结束。

目睹了国破家亡的李清照“虽处忧患穷困而志不屈”，在“寻寻觅觅、冷冷清清”的晚年，她殚精竭虑，编撰《金石录》，完成丈夫遗愿。李清照一生经历了表面繁华、危机四伏的北宋末年和动乱不已的南宋初年。这位中国古代罕见的词坛女杰独步一时，流传千古，被誉为“正宗易安第一词家一大宗”。她的人格既有巾帼之淑贤，更兼须眉之刚毅，像她的作品一样令人崇敬。她所作词，前期多写其悠闲生活；后期多悲叹身世，情调感伤。形式上善用白描手法，自辟途径，语言清丽。反对以作诗文之法作词，留下的有《易安居士文集》等。

浙江金华的李清照纪念堂位于八咏楼内，八咏楼屹立在金华市东南隅，坐北朝南，面临婺江。楼高数丈。楼内雕梁画栋，飞檐朱窗，瑰丽精美。整座楼分为前后两部分，前为重檐歇山顶亭楼，即八咏楼正楼，紧贴亭楼后是一组三进两廊的硬山顶木结构建筑，结构严谨，造型典雅，风格古朴。1994 年有关部门将八咏楼正厅改名为李清照纪念堂。

绍兴四年（1134 年）李清照避居金华时登楼作诗《题八咏楼》，诗曰："千古风流八咏楼，江山留与后人愁。水通南国三千里，气压江城十四州。"这首诗成为题咏八咏楼的出类拔萃之作。

金华的景点还有双龙洞、方岩、仙华山、黄大仙宫和被誉为"江南第一镇"的横店等。除了李清照为金华写下佳作外，诗人辛弃疾、陈子昂、孟浩然、苏轼、王安石、徐霞客、郁达夫、叶圣陶等都为金华留下了荡气回肠的诗篇。

锦溪有陈妃

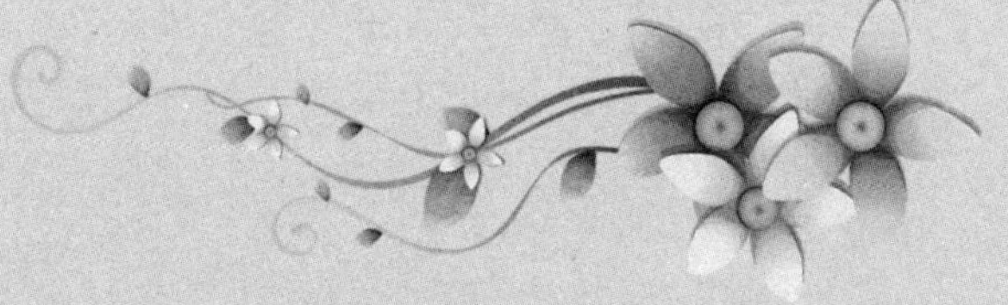

曲未终，意先通
无语汹涌思绪流
流一尺
席间读
莫嫌绵绵意相同
能争几回眸

流一丈
满兜兜
层层叠叠
云遮雾扰
嫌沉
风不动……

——《无语亦汹涌》

我的一位朋友去锦溪旅游后说："陈妃自愿随夫出征或替夫挡箭，说明她是铮铮的闺中英雄；陈妃不慕宫中虚荣，自愿过流水行云的乡村生活，说明她有超凡的境界。陈妃是一位古今妇女都应该效仿的妇女楷模！"六年前的春节，我与这位朋友手捧鲜花，郑重其事地从上海专程前往锦溪，又在锦溪花了60元钱雇了一条船去陈妃水冢为她献花。那天天很冷，到了陈妃水冢的边上，我们站定细细看那水冢，只见水冢在茫茫水天间，自有一种肃然的冰清玉洁、凛然不可侵犯的尊严。神奇的是我那朋友的大衣帽子竟自动地戴上了头，而此时并无一丝风吹过。

锦溪位于昆山市西南隅，距古镇周庄 8 千米。东临淀山湖，西依澄湖，南靠五保湖，北有矾清湖、白莲湖，“东迎薛淀金波远，西接陈湖玉浪平”，历来有“金波玉浪”之称。远在新石器时代，这里已有先民生存繁衍，创造了灿烂的史前文明。“镇为泽国，四面环水”“咫尺往来，皆须舟楫”是锦溪的写照，水巷、河埠、拱桥、骑楼、廊坊、街市书写了锦溪 2000 余年的历史。文化积蕴所调集凸显的水乡神韵让锦溪宛若一幅动人心魄的绝妙画卷。沈从文喻她为“睡梦中的少女”，刘海粟赞誉她是“江南之最”。锦溪不足 1 平方千米的老镇区就有古桥 36 座，而且大多数古桥保存完好，桥柱、楹联、碑刻保存俱全，形成了锦溪独特的“桥文化”。现在锦溪博物馆众多，是博物馆之乡。

“谁见金凫水底坟，空怀香玉闭佳人。君王情爱随流水，赢得寒溪尚姓陈。”这是文徵明的诗《陈妃水冢》。诗中所指的“君王”指宋孝宗，“佳人”指其妃子陈妃。“陈”指古镇锦溪（原名“陈墓”）。文徵明的诗，不但表达了自己凭吊古人的感受，还巧妙地点明了古镇得名的缘由。

江苏昆山的锦溪成名已有 2000 多年，相传南宋建都临安时，宋孝宗的宠妃陈妃偏爱锦溪山水，恋不忍离，死后水葬于此，从此锦溪便改名陈墓 800 余年，直到 1993 年才恢复古名。

这位美人陈妃是如何死的，众说纷纭，但千真万确的是她的墓就在锦溪的五保湖内，为一座水冢。对于这座“水冢”有一个神奇的现象：无论是水涨水落，那个“独圩墩”始终高出水面一定的距离，从没被大水淹没过。

相传南宋绍兴后期，金主完颜亮夺位后，即调动60万兵马，向南进犯。宋军退守镇江，向临安告急。金兵占领扬州，直捣长江天堑，屯兵于瓜州。当时被册立为皇太子的赵眘（即赵瑗，受封太子赐名眘。此时距岳飞被害已有20年，后来为岳飞平反的皇帝就是赵眘）面见高宗慷慨陈词，表示愿意迎击金兵。他的决心感动了高宗，便下诏亲征，由太子同行。赵眘到东宫告别众妃，准备出征。有陈、葛二妃请求同往，原来这两个妃子与梁红玉交往甚密，懂得兵法，武艺精湛，也是女中丈夫。赵眘欣然带陈、葛二妃登上战船从杭州出发，顺着运河直驶平江（苏州）。先锋部队已逼近镇江，突然接到探哨报告：金兵不知为了什么，已在凌晨从瓜州拔寨撤退（注：据史载——那是金营兵变，金主完颜亮被杀，而赵眘不知）。南宋水军立即班师回朝，但是为了防止金兵卷土重来，高宗暂留赵眘驻扎在锦溪以观敌态。太子赵眘当时在战船上摆宴庆功，陈、葛二妃左右作陪，守直献上新应市的大闸蟹祝贺凯旋。陈妃多吃了几只蟹竟积寒腹中，阴痛不止。一时找不到名医高手，痛了三天三夜，病重故世。赵眘万分悲痛，亲自护送陈妃灵柩到锦溪五保湖中水葬。

对于陈妃之薨逝的其他说法是：有的说陈妃是随宋孝宗来锦溪抗金，在一次战斗中为当时还是太子的孝宗挡过一箭而身亡的；有的说陈妃是随孝宗南渡时，在途中被金兵俘虏后押至锦溪，她为保名节投五保湖自尽的；还有的说是淡泊的陈妃无意后宫的倾夹，自愿出宫居住在锦溪的。不管是哪一种说法，陈妃都不是那种贪图享受、势利量小的女性。

我的一位朋友去锦溪旅游后说："陈妃自愿随夫出征或替夫挡箭，说明她是铮铮的闺中英雄；陈妃不慕宫中虚荣，自愿过流水行云的乡村生活，说明她有超凡的境界。陈妃是一位古今妇女都应该效仿的妇女楷模！"六年前的春节，我与这位朋友手捧鲜花，郑重其事地从上海专程前往锦溪，又在锦溪花了60元钱雇了一条船去陈妃水冢为她献花。那天天很冷，到了陈妃水冢的边上，我们站定细细看那水冢，只见水冢在茫茫水天间，自有一种肃然的冰清玉洁、凛然不可侵犯的尊严。神奇的是我那朋友的大衣帽子竟自动地戴上了头，而此时并无一丝风吹过。

当我们向陈妃水冢献花和鞠躬时，一旁的船娘问："你们是陈家的子孙吗?"对于这种问法，我们不知道怎样回答，起先摇头，后来似乎又点了头。她笑笑说："你们不会是一般的人，来此献花的只有你们……"

将军岩与睡美人

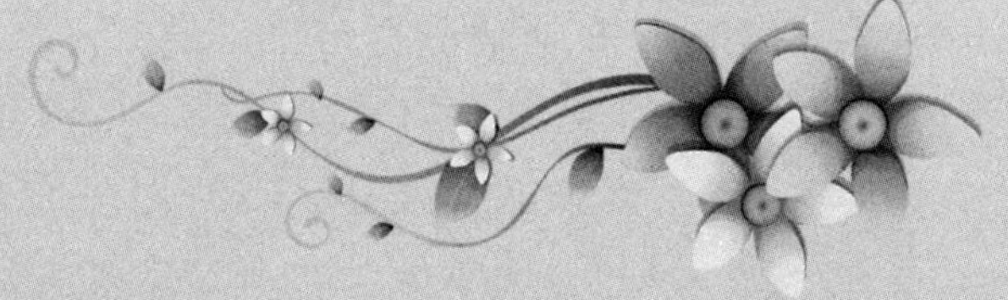

一条小河
一端开着美丽
一端为之牵来彩霞
因为那端有座缀满绿色顶着天的山

山绕着小河转
河围着青山唱
年年月月
一首首曲儿悠扬、断肠

山，只能在原地健壮
河，一定是弯弯曲曲流向海洋
于是山与河只能
步步相望着割裂
悲壮凄凉

云来相送
风来吻别
多情天女织出锦缎万匹
覆盖于山河之上

君不见
年年月月
映在天边的朝霞与晚霞
那是天女为山河裁剪的衣裳

——《山河恋》

乒乓球般大的仙居杨梅成熟早、周期长、色美、味甜、核小、高产稳产，6月初就能成熟，比一般产地早7~10天上市，晚10~15天落市。其最负盛名的东魁杨梅，以果大、色艳、味美享誉天下。苏东坡曾说：“日啖荔枝三百颗，不辞长作岭南人。”但在品尝了吴越（即仙居）的杨梅之后，欣然评断：“西凉葡萄，闽广荔枝，未若吴越杨梅。”

“得成比目何辞死，愿作鸳鸯不羡仙。”仙居地处浙江省东南部，去仙居神仙居的游客往往对两座遥遥相望的大山感叹不已，一座为将军岩，另一座为睡美人。

将军岩和睡美人是相对着的两座山峰，仔细看将军岩上那个英气的将军头像，似含情脉脉地望着对面的那个依石而眠的睡美人。在一片山峰绝境中，只见鬼斧神工之作的将军岩有炯炯有神的眼睛、高挺的鼻子、微微张开的嘴巴，一如一位阳刚威武的军人一样正气凛然，但将军的表情却在温柔之中带着几分伤感，他痴情不移地年年月月日日微笑着望着对面神态安详的睡美人，大有“衣带渐宽终不悔，为伊消得人憔悴”的精神。而睡美人依旧柔美，依旧宁静。她斜躺在山冈之上，长发飘逸，精致的五官端正而柔和，眼睛似张似闭，她仿佛什么都不理会，但又满脸写着两个字——“幸福”，这种幸福感的凸显，是她百分之百地感受到了将军赤诚的心跳和他日日夜夜对她的守望。那栩栩如生的鬼斧神工之作的将军岩、神态安详的睡美人，千年诉说着一段古老传说：一位有功的将军恋上了仙居的美人，但遭到皇帝的妒忌，将军与皇帝的卫队打了三天三夜后化作将军岩，美人不愿被皇帝掳走一头撞死在山岩上化作了一块美人石。

巍巍括苍山，潺潺永安溪，7000 年历史积淀成一个令人瞩目的名字——仙居。仙居县始设于东晋穆帝永和三年（347 年），名乐安。北宋景德四年（1007 年），宋真宗以其“洞天名山，屏蔽周围，而多神仙之宅”，下诏改名仙居。如今仙居，景色秀美，风光旖旎，为国家重点风景名胜区。境内奇峰异石，流潭飞瀑，幽谷清溪，翠竹秀林，处处蕴含着神奇的传说、动人的故事。除有鬼斧神工的将军岩、惟妙惟肖的睡美人外，还有羞女峰、移步换景的鸡冠岩、气势磅礴的象鼻瀑、长年不枯的十一泄飞瀑、新开发的淡竹原始森林景区等。走进仙居，那独具一格的山水绮丽画卷，令你心旷神怡，流连忘返。南宋大儒朱熹两次莅临仙居，惊叹："地气尽垂于此矣!"

仙居，钟灵毓秀，人文荟萃，物产富饶。仙居下汤的新石器文化、全国八大奇文之一的蝌蚪文、全国最大摩崖石刻大"佛"字等，无不闪现出古代文明璀璨奇异的光华。乒乓球般大的仙居杨梅成熟早、周期长、色美、味甜、核小、高产稳产，6 月初就能成熟，比一般产地早 7 ~ 10 天上市，晚 10 ~ 15 天落市。其最负盛名的东魁杨梅，以果大、色艳、味美享誉天下。苏东坡曾说："日啖荔枝三百颗，不辞长作岭南人。"但在品尝了吴越（即仙居）的杨梅之后，欣然评断："西凉葡萄，闽广荔枝，未若吴越杨梅。"

水绘园和董小宛

心

一个任性的娃娃

心会心时恬静美丽

孤独时一意倔强远行

不要相信阳光下

心的妩媚

心的笑靥

那是

心落在了心里

那份沉

是甜，是绳

当你看到一颗裸露的心时

它又要远行……

——《心》

顺治八年（1651年）正月初二，在冒辟疆痛彻心扉的哀哭声中，小宛仙逝，年仅28岁。小宛不羡权贵，不媚钱财，虽不幸处红楼，却潜心书画，嫁于冒辟疆后不弃仕途坎坷的他，为伺候病重丈夫而累亡，也可作现代女子的师表了。清朝的名妓从良的不少，但来回折腾的多。唯有董小宛娴静地守着自己小妾的位置，尽心尽力地服侍婆婆和丈夫，粗茶淡饭地过日子。

始建于明代的如皋古典园林水绘园被誉为海内徽派园林孤本，国家级文物保护单位。水绘园是明朝冒辟疆家的祖传物业，规模宏大，绿树成荫，亭台楼阁建得精巧，处处是小桥流水。冒辟疆和董小宛这对才子佳人婚后就住在水绘园里。

在董小宛看来，婚后的生活无疑是天堂，自己就像一只在空中漂泊的燕子，终于找到了温暖的巢一样。新婚一年多，董小宛觉得主宰命运的神明对她实在太仁慈了，不仅让她得到了一位令多少女子都为之艳羡的如意郎君，还给她安排了这么一个雅静的大院子。明末清初红透一时的烟花女子从良后一般无法适应良家妇女的生活，唯有董小宛娴静地守着自己小妾的位置，尽心尽力地服侍婆婆和丈夫，粗茶淡饭地过日子 。

冒辟疆（1611—1693），江苏如皋人，明末清初的文学家，与方以智、陈贞慧、侯方域合称明复社四公子。明清时期，冒氏家族人才辈出，是当地的名门望族，也是一个文化世家。当时的明王朝已成溃乱之局，东北已在清兵的铁蹄之下，而江浙一带的士大夫依然过着安逸的生活。冒辟疆一方面年少气盛，矫激抗俗，喜谈经世大务，怀抱报效国家的壮志；另一方面又留恋青溪白石之胜，名姬骏马之游，过着公子哥的生活。他从小受到严格的儒家教育，诗文做得很好，但官运实在太背，6次去南京参加乡试，次次落第。最后一年乡试揭榜，冒辟疆再次落第，这时他已过而立之年，既然仕途难成，便索性打定主意归乡隐居。董小宛对他的决定由衷地赞同。1643 年 20 岁的董小宛嫁给了冒辟疆，之后过的不再是灯红酒绿、宾客如云、受人追捧、轻歌曼舞的名妓生活，也不是“阔太太”“少奶奶”的贵夫人生活，而是素装淡雅、事事操劳的良家小妾。

董小宛（1624—1651），江苏苏州人，明末“秦淮八艳”之一。苏州城外有条半塘河，河水清缓；在出城不远的河畔有一座不知名的小山，山上竹林幽幽。后来这里筑起了一座小楼，修得别致典雅，住着一对母女和几个下人。她们就是城内“董家绣庄”的女主人和千金小姐。董家是苏绣世家，到这一代已有200多年的历史了，别看刺绣属于工艺制造行业，可十分接近于绘画艺术，所以董家还颇有几分书香气息。女主人白氏为董家生了一个千金，取名白，号青莲。小闺女模样俊秀，十分聪慧，父母悉心教她诗文书画、针线女红，一心想调教出一个才德俱全的姑娘。不料董白13岁那年，父亲撒手人寰。这突如其来的变故，将白氏打击得心神憔悴，料理完丈夫的后事，白氏不愿在城中的旧宅中继续住下去，住到半塘河畔，带着女儿过着与世相隔的恬淡生活，绣庄的事全委托伙计去掌管。此时已是明朝末年，朝廷腐败，枭雄四起，天下陷入战乱之中。白氏也打算关闭绣庄，收回资金逃难去。谁知绣庄伙计一算账，不但没有银两剩余，反而在外面欠下了上千两银子的债。白氏一气一急病死。董白被伙计卖入青楼，改名董小宛。秀丽的容貌、超凡脱俗的气质使小宛很快就在秦淮河出了名，16岁时，她已是芳名鹊起，与柳如是、陈圆圆、李香君等同为“秦淮八艳”。1639年冒辟疆乡试落第与小宛偶尔在苏州半塘相遇，小宛对冒辟疆一见倾心，连称：“异人！异人！”那时因为冒早已属意吴门名妓陈圆圆，并于1641年有“订嫁娶之约”，而忽略了小宛。次年冒辟疆第六次乡试途经苏州，重访陈圆圆时，已是人去楼空，加上冒科场失意，情绪沮丧到极点。就在这年冬天，在柳如是的斡旋下，由钱谦益出面给小宛赎身，然后从半塘雇船将小宛送到如皋水绘园。小宛入门后，与冒家上下相处极其和谐。马恭人（辟疆母）和苏元芳（辟疆妻）特别喜欢小宛，而小宛对她们也很恭敬顺从。闲暇时，小宛与辟疆常坐在画苑书房中，泼墨挥毫，赏花品茗，评论山水，鉴别金石。小宛画的小丛寒树，笔墨楚楚动人。她 15 岁时的作品《彩蝶图》现收藏在无锡市博物馆。董小宛天性淡泊，不嗜好肥美甘甜的食物。用一小壶芥茶温淘米饭，再佐以一两碟水菜香豉，就是她的一餐。小宛在秦淮河时曾用芝麻、炒面、饴糖、松子、桃仁和麻油作为原料制成酥糖，切成长五分、宽三分、厚一分的方块，这种酥糖外黄内酥，甜而不腻，人们称之为“董糖”。董小宛爱领略月色之美，她常随着月亮的升沉移动几榻，半夜回到室内，她仍要开窗望月。小宛的日子刚刚安稳不久，冒辟疆又病了两次。一次是胃病出血，水米不进，董小宛在酷暑中熬药煎汤，紧伴枕边照料了冒辟疆六十个昼夜；第二次是冒辟疆背上生疽，疼痛难忍，不能仰卧，小宛就夜夜抱着丈夫，让他靠在自己身上安寝，自己则坐着睡了整整一百天。冒辟疆说自己一生的清福都在和小宛共处的九年中享尽。顺治八年（1651 年）正月初二，在冒辟疆痛彻心扉的哀哭声中，小宛仙逝，年仅 28 岁。小宛不羡权贵，不媚钱财，虽不幸处红楼，却潜心书画，嫁于冒辟疆后不弃仕途坎坷的他，为伺候病重丈夫而累亡，也可作现代女子的师表了。清朝的名妓从良的不少，但来回折腾的多。唯有小宛是例外。

有些小说张冠李戴，移花接木，把董小宛的故事一再戏说，越编越神奇，最后成了顺治皇帝的宠妃，叫董鄂妃，又和顺治皇帝演出了一出轰轰烈烈的爱情故事。但是从历史学的角度来看董小宛和董鄂妃是互不搭界的两个女人。董鄂妃是满族人，是内大臣鄂硕之女，生于1638年，后来成为顺治皇帝的妃子。董鄂妃死于1660年（《清史稿·后妃传》中有明确记载）。董小宛是生于苏州、长于南京的汉人，生于1624年，死于1651年。冒辟疆在后来的回忆录中，对与董小宛相识、相爱、完婚、蒙难，最后到董小宛病死，都作了比较详尽的记录，这是最有说服力的证据。

山盟虽在，锦书难托

说与辩

无声无音

越山穿水

神气相接……

一如波涛汹涌的大海

面上的平静

跨越时空的凝望

追星驾风的相约

说与谁人听

道与谁人明

像抛远了的一朵花

骨已碎

香依怜

奈何一句

“天下万物与人同

不是神交不相逢”

——《神交》

陆游晚年，每年春上必往沈园凭吊唐婉，每往或诗或词必有寄情，后来就索性一直寄住在沈园附近。陆游63岁去沈园，触景生情，题绝句："采得黄花作枕囊，曲屏深幌闷幽香。唤回四十三年梦，灯暗无人说断肠。"又过四年，67岁的陆游再游沈园，看到当年题写《钗头凤》的半面破壁，伤心感怀："禹迹寺南，有沈氏小园。四十年前，尝题小诗一阕壁间。偶复一到，而园已三易主，读之怅然。"唐婉逝世四十年时，75岁的陆游又旧地重游，留下极为有名的《沈园》绝句："城上斜阳画角哀，沈园非复旧池台。伤心桥下春波绿，曾是惊鸿照影来。"81岁时，陆游做梦游沈园，及醒悲叹："路近城南已怕行，沈家园里更伤情。香穿客袖梅花在，绿蘸寺桥春水生。”82岁的陆游对唐婉仍是念念难忘，写下：“城南亭榭锁闲坊，孤鹤归来只自伤。尘渍苔侵数行墨，尔来谁为拂颓墙？”84岁，陆游辞世前一年，不顾年迈体弱，再游沈园，作诗《春游》：“沈家园里花如锦，半是当年识放翁。也信美人终作土，不堪幽梦太匆匆。”陆游的一次次再访，寄情沈园，想念唐婉，让我感叹陆游不仅诗文好，他对唐婉的那份情更是天下无男子可比及，催人泪下。

爱上浙江绍兴是因为那座沈园，爱上沈园是因了宋代大诗人陆游的一曲凄美清丽的《钗头凤》。而喜欢陆游的诗，则是因为中学语文课本上的那一首陆游的《咏梅》：“驿外断桥边，寂寞开无主。已是黄昏独自愁，更著风和雨。无意苦争春，一任群芳妒。零落成泥碾作尘，只有香如故。”我那时是初一的女生，不知怎的有那么多莫名愁，而陆游的诗一下子打开了我写诗的朦胧意境。本来看书是因为父亲的要求，现在却四处寻读陆游的诗词，直读到陆游的那一曲《钗头凤》，让我泪水夺眶而出。

一曲《钗头凤》一扫历来扭捏小人描写爱情的猥琐与低俗，让人感觉到陆游那时几乎绝望的气息，诗的那种凄美清丽让人为陆游与唐婉的爱情悲剧而痛心疾首。一曲《钗头凤》也让我迷上了绍兴的沈园。沈园，又名沈氏园，位于绍兴市区延安路和鲁迅路之间，本系沈氏私家花园，故名沈园。清乾隆《绍兴府志》引旧志：“在府城禹迹寺南会稽地，宋时池台极盛。”这“池台”指的就是沈园。当时沈园占地70余亩，园内亭台楼阁，小桥流水，假山绿荫，颇具江南特色，是“越中名园”。如今景区占地57亩，是绍兴历代众多古典园林中唯一保存至今的宋式园林，拥有古迹区、东苑和南苑三处相对独立、各具特色的园林。孤鹤亭、半壁亭、双桂堂、八咏楼、宋井、射圃、问梅槛、琴台和广耜斋等景观，依据历史面貌或沈园文化内涵所需要，被有序地分布在沈园三大区内，形成了“断云悲歌”“诗境爱意”“春波惊鸿”“残壁遗恨”“孤鹤哀鸣”“碧荷映日”“宫墙怨柳”“踏雪问梅”“诗书飘香”和“鹊桥传情”十景。全园景点疏密有致，高低错落有序，树木扶疏成趣，颇具宋代园林特色。其中南苑有包括安丰堂和务观堂在内的约600多平方米的展厅，主要陈列陆游的手迹复制品和碑刻、拓片。安丰堂则展示了赤诚报国无门、相爱夫妻被迫离异的一代诗人陆游的一生。

陆游（1125—1210）是南宋时期著名的爱国诗人。他和母舅家的表妹唐婉（1128—1157）年龄相仿，青梅竹马，情投意合，且都擅长诗词。随着年龄的增长，花前月下，他们常借诗词倾诉衷肠，二人吟诗作对，互相唱和，丽影成双。陆家就以一只精美无比的家传凤钗作信物，订下了唐家这门亲上加亲的姻事。成年后，唐婉便成了陆家的媳妇。从此，陆游、唐婉更是情爱弥深，吟诗作对，不把科举课业、功名利禄放在心上。陆游的母亲是一位威严而专横的女性，她一心盼望儿子金榜题名，登科进官，光耀门庭。她对唐婉大为不满，几次以姑姑的身份，更以婆婆的立场对唐婉大加训斥，责令她帮助丈夫登上仕途。但陆、唐二人的情况始终未见显著的改善。陆母因此对唐婉十分反感，以两人婚后三年始终未能生养为名，逼迫陆游休妻。陆游心悲如刀绞，但遵守孝道的他面对态度坚决的母亲，只能暗自饮泣，答应母亲把唐婉送归娘家，但他悄悄另筑别院安置唐婉，有机会就前去探望。精明的陆母很快就察觉了此事，严令二人断绝来往，并为陆游另娶王氏女为妻，彻底切断了陆、唐复婚之念。陆游收起满腔的幽怨，在母亲的督教下，重理科举课业，在27岁那年，参加临安"锁厅试"夺得魁首。但因遭人忌恨，第二年礼部会试时，试卷被剔除。礼部会试失利，陆游回到家乡，倍感凄凉。为了排遣愁绪，经常独自徘徊在青山绿水之间，或野寺探幽访古，或把酒吟诗，或街市狂歌当哭。

一个繁花竞妍的春日，陆游漫步到沈园，竟然遇见阔别数年的唐婉，一时间两人的目光撞在一起，感觉如梦如幻，此时的唐婉，也已嫁给了同郡士人赵士程。赵家系皇家后裔、门庭显赫，赵士程是个宽厚重情的读书人，他对曾经遭受情感挫折的唐婉，表现出真挚的同情与谅解，使唐婉饱受创伤的心渐渐平复，并且开始萌生新的情感。而这时与陆游的不期而遇，使唐婉封闭已久的心扉重新打开，那积蓄已久的旧日情怀、千般委屈一下子奔涌而出，柔弱得难以站立。

陆游几年来虽然借苦读和饮酒强抑着对唐婉的思念，但在这一刻埋在内心深处的旧日情思喷薄而出。四目相对一阵，唐婉终于提起沉重的脚步缓缓走远。陆游着急地循着唐婉的身影追寻而去，池塘边，柳树下，唐婉与赵士程正在水榭上用餐。

隐隐看见唐婉低手蹙眉，与赵士程浅酌慢饮。昨日情梦，今日痴怨，感慨万分的陆游提笔在沈园的墙壁上题了一阕《钗头凤》：“红酥手，黄縢酒，满城春色宫墙柳。东风恶，欢情薄，一怀愁绪，几年离索。错，错，错！春如旧，人空瘦，泪痕红浥鲛绡透。桃花落，闲池阁，山盟虽在，锦书难托。莫，莫，莫！”

第二年春天，抱着一种莫名的憧憬，唐婉再一次来到沈园，徘徊在曲径的回廊之间，突然瞥见陆游的题词。反复吟诵，不由得泪流满面，心潮起伏，恍恍惚惚间和了一阕，题在陆游的词后：“世情薄，人情恶，雨送黄昏花易落。晓风干，泪痕残，欲笺心事，独语斜阑。难，难，难！人成各，今非昨，病魂常似秋千索。角声寒，夜阑珊，怕人寻问，咽泪装欢。瞒，瞒，瞒！”自此唐婉回家后怏怏生病，在如花年岁去世。

陆游晚年，每年春上必往沈园凭吊唐婉，每往或诗或词必有寄情，后来就索性一直寄住在沈园附近。陆游63岁去沈园，触景生情，题绝句：“采得黄花作枕囊，曲屏深幌沁幽香。唤回四十三年梦，灯暗无人说断肠。”又过四年，67岁的陆游再游沈园，看到当年题写《钗头凤》的半面破壁，伤心感怀：“禹迹寺南，有沈氏小园。四十年前，尝题小诗一阕壁间。偶复一到，而园已三易主，读之怅然。”唐婉逝世四十年时，75岁的陆游又旧地重游，留下极为有名的《沈园》绝句：“城上斜阳画角哀，沈园非复旧池台。伤心桥下春波绿，曾是惊鸿照影来。”81岁时，陆游做梦游沈园，及醒悲叹：“路近城南已怕行，沈家园里更伤情。香穿客袖梅花在，绿蘸寺桥春水生。”82岁的陆游对唐婉仍是念念难忘，写下：“城南亭榭锁闲坊，孤鹤归来只自伤。尘渍苔侵数行墨，尔来谁为拂颓墙?”84岁，陆游辞世前一年，不顾年迈体弱，再游沈园，作诗《春游》：“沈家园里花如锦，半是当年识放翁。也信美人终作土，不堪幽梦太匆匆。”陆游的一次次再访，寄情沈园，想念唐婉，让我感知陆游不仅诗文好，他维护自己对唐婉的那份爱更是天下无双男子可比，催人泪下。

我曾寻游沈园四次。第一次去沈园，满目的柳树飘絮，池塘里偶有花瓣随波逐流，那景虽美，但总还让我为陆唐的悲情伤感。第二次去沈园，细细读了沈园，慢步缓进中才让我明白沈园的静是一种思索，是一种低诉，是一种寻访，难怪在宋朝它成为读书人的必到场所。第三次去沈园，是在三年前的夏日，园里不光有被陆游称为“伤心柳”的柳树，还多了香樟、海棠、茶花、牡丹；塘里的睡莲和莲花静静地在满目绿色中绽放着色彩，书卷气甚浓。此次去绍兴，是去参加绍兴兰亭的书法展，顺便去了沈园。“沈园之夜”是绍兴唯一夜间旅游项目，其以沈园为背景，处处营造宋代胜景：充满风情的市井街区、此起彼伏的小贩吆喝、多姿多彩的宋代服饰、作揖行礼的丫鬟家仆、悠远空灵的民乐演奏、凄美绝伦的陆唐故事，让远去的历史鲜活起来，极大地感染着观众的情绪。

但说实话，就我个人来讲还是喜欢幽静的沈园，那种幽静似乎还带着陆唐的气息……

楠木井

记不记得那场属于海的风暴
呼号、咆哮、拽地而起
记不记得那顶蓝色的帐篷
我们兴高采烈安下的“家”
趁你不在的空隙
像只大鸟一步一回头地飞起
我死死拖住它的一角
等你垒起雄性的肌肉
等你竖起顶天立地的筋骨
让我们的“家”
重再重再竖立

——《女孩》

王昭君，中国古代四大美女之一，又称“明妃”。她是汉元帝时期选入宫的宫女。那时皇帝选妃，先由宫中画师毛延寿为宫女画像供皇帝挑选妃子，由此宫中宫女都贿赂毛延寿，毛延寿则以收取银量的多少来画宫女像。仿如空谷幽兰的昭君一身正气，不愿贿赂毛延寿而被画得极平庸不算，还被他在脸上点了一颗寡妇痣，这让汉元帝十分嫌恶她，进宫三年从没与她见面。昭君扫了三年的院子，心里明白自己被毛延寿暗算了。后来昭君听说匈奴单于要和汉元帝和亲，汉元帝舍不得自己的公主嫁到荒凉的匈奴之地，但又惧怕单于的凶猛挑战而忧心忡忡，知道此事后，昭君自愿出塞和亲换取国家的安定。这让汉元帝大舒一口气，既和了亲，又去了一个丧门星。在出嫁的当天，汉元帝才一睹昭君美貌赛过他所有的妃子，此时想赖婚已不能，汉元帝一怒之下杀了贪钱的毛延寿。然而，大胆选择了自己前途的清高的美人以后的路仍被攥在汉朝皇帝的手中，一抔黄土掩风流在异地……

昭君墓，静卧在黄河边的青山下，只有冷风冷月、野花衰草伴随着。

“昭君本楚人，艳色照江水。楚人不敢娶，谓是汉妃子。谁知去乡国，万里为胡魂。”苏轼这首诗对昭君出嫁匈奴寄予了深深的同情，亦流露出无尽的感慨。

王昭君，名嫱，字昭君，出生在西汉南郡秭归宝坪村（今湖北省兴山县），中国古代四大美女之一，又称“明妃”。她是汉元帝时期选入宫的宫女。那时皇帝选妃，先由宫中画师毛延寿为宫女画像供皇帝挑选妃子，由此宫中宫女都贿赂毛延寿，毛延寿则以收取银量的多少来画宫女像。仿如空谷幽兰的昭君一身正气，不愿贿赂毛延寿而被画得极平庸不算，还被他在脸上点了一颗寡妇痣，这让汉元帝十分嫌恶她，进宫三年从没与她见面。昭君扫了三年的院子，心里明白自己被毛延寿暗算了。后来昭君听说匈奴单于要和汉元帝和亲，汉元帝舍不得自己的公主嫁到荒凉的匈奴之地，但又惧怕单于的凶猛挑战而忧心忡忡，知道此事后，昭君自愿出塞和亲换取国家的安定。这让汉元帝大舒一口气，既和了亲，又去了一个丧门星。在出嫁的当天，汉元帝才一睹昭君美貌赛过他所有的妃子，此时想赖婚已不能，汉元帝一怒之下杀了贪钱的毛延寿。

王昭君远嫁匈奴单于后被封为皇后。（在王昭君嫁于单于四个月后，汉元帝驾崩，成帝继作汉宫的新主人）其实呼韩邪单于并非“只识弯弓射大雕”的莽汉，反倒是个性情中人，颇有几分侠骨柔肠，王昭君与之老夫少妻也恩爱。但哪儿想到单于不久就过世了，此时的昭君身边只躺着刚刚降生的儿子——伊图智伢师。王昭君梦寐以求的就是要回中原，回到祖国，她迫不及待地上了一道表章给汉成帝，要求回故乡。可是，命运偏偏跟她作对，呼韩邪的继承人，也就是呼韩邪单于与前妻所生的儿子——雕陶莫皋继位，尊号复株累单于的新皇帝竟然要娶继母王昭君为妻，得到消息的汉成帝只以一句冷冰冰的“成帝敕令从胡俗”拒绝了昭君回国的请求。圣旨在，胡俗在，王昭君无可奈何，失魂落魄地走进了复株累精心布置的新房……伊图智伢师，王昭君的儿子又被复株累单于杀死！11 年后复株累单于又死了。寡居一年后，曾大胆地选择自己命运的 33 岁的昭君，这个美貌绝伦而又多灾多难的女子也撒手西去。昭君墓，静卧在黄河边的青山下，只有冷风冷月、野花衰草伴随着她……

王昭君的故乡湖北兴山县宝坪村存有昭君宅、望月楼、楠木井、梳妆台、玉字崖、明妃墩、琵琶桥等旧址遗迹，以及昭君陈列室、昭君亭、故里长廊、昭君像等。村里有一个垒石为基的屋台，相传是王昭君望月楼遗址，王昭君出生在一个皓月当空的夜晚，从小喜爱月亮，经常登楼望月，村民称此地为望月楼。楼早毁，楼前遗有一口如菱花镜似的水井，叫楠木井，井旁青石碑上镌刻有郭沫若夫人于立群所书“楠木井”三个隶字。相传这是王昭君少年时代与女伴们挑水、洗濯的地方，昭君在这里生活了16个年头。昭君故里为浓郁的田园风光所环绕，松柏青翠，芳草铺地。昭君出塞后，经常思念美丽的家乡，曾写有“莺啼绿柳弄，春晴晓日鸣。香莲碧水动，风凉夏日长”的诗句来描绘家乡妩媚的风光。在兴山宝坪村，有一条秀丽的回水沱香溪河绕村前流过，河水清澈见底。每逢春天，河中游动着半透明、圆圈形的桃花鱼，与沿岸的绿树和水下的五彩石交相辉映。相传这种美丽的桃花鱼与王昭君有关。昭君出塞前，从京城回家乡探亲，泣别乡亲时，正值桃花盛开之际，她一路弹着琵琶，想到从此永别故土，不禁潸然泪下，泪珠与水中的桃花漂红聚一起，化成了美丽的桃花鱼。回水沱香溪河在昭君故里急转南流，河底复有清泉涌出，形成回水深潭。

1983年，昭君故居在旧址重建，占地200平方米。主体建筑砖木结构，面宽5间，轩朗明洁，朴素大方；内部装饰，古雅精致，玉石雕刻昭君像，端庄秀丽，巧刻细镂，极为精工。院内花木扶疏，左右邻舍错落，小径盘旋；屋后奇峰幽谷，云岚缥缈，一派大气而迷人的景色。

昭君故里一如昭君那般秀丽、高洁，此韵此情只有到临才能体会。著名爱国诗人屈原也出生于此。这真应了一句老话：“人杰地灵。”

西施殿

风过处

流下的香也不要留

为曾有的芬芳

缓缓松手

懒懒地懒懒地吹口气

看着它看着它如泣如诉……

雨过处

把那清馨也送出

为曾有的祝福

慢慢松手

轻轻地轻轻地吸口气

愿意它愿意它直上九重……

——《流逝》

“千重越甲夜围城，战罢君王醉不知。若论破吴功第一，黄金只合铸西施。”越终胜吴，西施功不可没。但越王把西施接回越国，却把西施推到江边绑上巨石沉入江底。代代后人不甘西施这样死去，编出故事说西施未死，成了荷花仙子……

现在，很多人赋予西施一个国际称号——间谍鼻祖。

“一破夫差国，千秋竟不还”，一个叫作西施的浣纱女生于诸暨，长于诸暨，因为那份罕见的美，给她带来辉煌，更带来耻辱，让她的死因如谜团般神秘。2500 多年之后的现在，她那顾盼生辉的身影，美貌俏丽的脸庞，为报国耻而屈辱献身潜伏于敌国的故事，仍然流传在世上，为世人津津乐道。西施来自诸暨，却属于世界……

在历史上作为中国四大美女之首的西施，一生曲折沉重。但民间有关西施的故事，却代代相传。西施，本名施夷光，春秋末期出生于中国绍兴诸暨苎萝村，天生丽质。一个平凡的日子，被当时越国的相国范蠡发现的西施，告别爹娘，带着山林溪泉的气息，车辚辚马啸啸，从苎萝山走向会稽，走向吴宫。一同去的还有同村的美女郑旦，两人从素面朝天、不施粉黛的村姑，被范蠡调教成了能歌善舞、雍容华贵的美女。尤其是西施，像一朵荷花，亭亭玉立，出淤泥而不染，在红尘之中，又在红尘之外。

公元前494年，夫差在夫椒（今江苏省吴县西南）击败越国，越王勾践退守会稽山（今浙江省绍兴南），受吴军围攻，被迫向吴国求和，勾践入吴为质。释归后，针对吴王淫而好色的弱点，大夫文种献灭吴九策，其中最毒辣的便是美人计。在国难当头之际，西施忍辱负重，以身救国，与郑旦一起被越王勾践献给吴王夫差，成为吴王最宠爱的妃子，把吴王迷惑得众叛亲离，无心于国事，为勾践的东山再起起了掩护作用。吴王夫差在姑苏建造春宵宫，筑大池，池中设青龙舟，日日与西施玩水戏，又为西施建造了表演歌舞和欢宴的馆娃阁、灵馆等。西施擅长跳“响屐舞”，夫差又专门为她筑“响屐廊”，用数以百计的大缸上铺木板，西施穿木屐起舞，裙系小铃，放置起来，铃声和大缸的回响声，“铮铮嗒嗒”交织在一起，使夫差如醉如痴，不理朝政，并将谏言忠臣良将伍子胥处死。越国勾践乘机攻入吴国都城，将吴国太子活活烧死在姑苏台。四年后，吴国大旱，士民饥疲，越军再度进攻吴国，吴军固守孤城。周元王二年（前474年），越军以水师第三次进攻吴国，围困吴都达两年之久，恰逢江南春雨，大雨如注，吴都城墙坍塌，越军乘隙长驱直入，夫差突围来到姑苏山，乞降不成，用三层罗帕裹面，拔剑自刎。吴越几十年的争端，最终以吴王夫差的死而结束。勾践经过22年的辛酸岁月，才彻底雪耻。

“千重越甲夜围城，战罢君王醉不知。若论破吴功第一，黄金只合铸西施。”越终胜吴，西施功不可没。但越王把西施接回越国，却把西施推到江边绑上巨石沉入江底。原因西施功高震主，又因她的美丽和女人的身体，为皇后不容，令代代后人心寒。

后人为纪念西施，在诸暨的苎萝山修建了西施殿。唐代著名诗人李商隐曾写下“西子寻遗殿，昭君觅故村”的诗句；稍后，女诗人鱼玄机又有《西施庙》诗。这些是目前能见到的关于西施殿的最早文字。明代，西子祠曾具相当规模。此后屡兴屡废。现在的西施殿于1986年奠基，1990年10月7日落成，景区占地5000平方米，由门楼、西施殿、古越台、郑旦亭、碑廊、红粉池、沉鱼池、先贤阁等景点构成。西施殿景区在重修过程还从民间征集了12000余件从老式民居上拆下来的古建筑构件，其中包括梁、柱、门、窗、牛腿、擎枋、斗拱、雀替等，这些木、石构件雕刻精美，工艺水平高超。经过设计者的精心搭配，合理利用，无疑大大增强了西施殿的历史文化内涵和观赏价值，使它更具有了浓厚的地方特色。

黄道婆

零乱的白羽毛
飞来洒了一地
一片片拾起
却找不到回径

哎
白羽毛的传递
在夜空坠落

来
捧起羽毛
高举过头顶

待乌发变白
我还会笑着
问
那片白羽毛曾飞过的
路径……

——《永远的白羽毛》

上海县港口镇北喜泰路西，有一所三间两进的黄母祠，它的第二进屋子当中，供着手里拿着棉花、头上扎着布巾的黄道婆塑像。2003 年，上海徐汇区文化局和华泾镇镇政府共同出资在黄道婆的墓旁建造了黄道婆纪念馆，展品 300 余件，展示了黄道婆一生为纺织业所作出的贡献。联合国教科文组织认定黄道婆为世界级的科学家，这也是上海人的荣光。

你问我的故乡在哪里，我的故乡在江苏南通的二甲镇，那是我国的一个大产棉区，出产的棉花不似雪那样白，而是黄黄的黄棉。朵儿很大的黄棉特松、特柔软，织出的布，我们老家称为“老布”。那个年代买布要“布票”，布票又很紧张，所以我们家的被夹里有一些是老布的，那老布盖在身上有点粗糙，但很暖和，透气性也很强。家里盖的棉花毯也是黄棉的，冬天里更觉暖洋洋的。爸爸老是骄傲地说：“产量不高的家乡黄棉是个宝，以前是进贡给皇帝用的！”20 世纪 50 年代末，6 岁的我常跟爸爸妈妈回乡探亲，见到舅妈“吱吱呀呀”地纺棉花，握在手里的棉花变成了一根扯不断的长线，很是有趣，便学着纺，但在我手里的纺车和棉花很不听话，不是断线，就是棉花结成球发硬，抽不出线，我很生气，不玩了。舅妈笑着说：“要纺得一手好线，先要拜拜黄道婆。”我的几个表姐都会纺纱织布，家里织布声不断（村里的织布声也是不断的），因为我有五个表弟，他们的衣服都是家里织的布做的。几个表姐嘴里也是黄道婆长黄道婆短的，很崇敬她，并念民谣给我听：“黄婆婆，黄婆婆，教我纺纱，教我织布，两只筒子两匹布。”父亲则在一旁说：“黄道婆是童养媳，很苦的。”舅妈说黄道婆是南通人，后来我才知道黄道婆是上海华泾镇人，为了推广织布业，她一直在各大产棉区传授织布技艺，让产棉区的农民都以为她是当地人，她也不辩默认，这让她传授纺棉织布技术很顺利。

黄道婆是我国棉纺业的先驱，13 世纪杰出的纺织技术革新家。她生于南宋末年淳祐年间，约 1245 年。她出身于贫苦农民家庭，十二三岁就被卖给人家当童养媳。白天下地干活，晚上纺纱织布到深夜。年少的她谦虚好学，不久就熟练地掌握了纺纱织布的全部操作工序：剥棉籽，敏捷利索；弹棉絮，蓬松干净；卷棉条，松紧适用；纺棉纱，又细又长；织棉布，纹均边直。她没享受过慈爱，没得到过温暖，只有棉纺才给了她莫大的快慰。每当黄道婆看见棉田里那龙爪样的棉叶、花团似的棉花，每当她坐在那“车转轻雷秋纺雪，弓弯半月夜弹云”的棉纺机前，便感到一种难以形容的乐趣。

棉花会纺了，布会织了，黄道婆又发现了问题：用手指一个一个地剥棉花去籽，实在太慢；弹棉絮的小弓，才一尺半来长，还是线弦，须用手指来拨动，线弦容易断，手指拨弦又费力气，以这样落后的技术纺纱织布，怎么能跟得上需要呢？她心里经常想：“能不能有什么新办法提高工效？”后来她看到海南岛的黎族、云南高原上的彝族织出的匹幅长阔而洁白细密的“慢吉贝”布、狭幅粗疏而色暗的“粗吉贝”布等，不由得对那些地区心驰神往，有了南游学艺的志向。

尽管如此，勤劳聪慧的黄道婆还是遭受封建公婆的虐待。有一次，黄道婆被公婆一顿毒打后，又被关在柴房不准吃饭，她再也忍受不住这种折磨，决心逃跑学艺去。半夜，她在茅草屋顶上掏洞逃了出来，躲在一条停泊在黄浦江边要去海南的船上，随船到了海南岛的崖州，即现在的海南崖县。

淳朴热情的黎族同胞十分同情黄道婆的不幸遭遇，接受了她，让她有了安身之所，并且把黎族的纺织技术毫无保留地传授给她。当时黎族人民生产的黎单、黎饰、鞍塔闻名国内外，棉纺织技术比较先进，黄道婆聪明勤奋，很快融合了黎汉两族纺织技术的长处，历经30余年的努力，她成为一个出色的纺织能手，在崖州大受欢迎。

约在1295年，她回到了乌泥泾，她的公婆和丈夫都已去世。黄道婆重返故乡时，植棉业已经在长江流域大大普及，但纺织技术仍然很落后。黄道婆开始致力于改革家乡落后的棉纺织生产工具，她根据自己几十年丰富的纺织经验，一边教家乡妇女学会黎族的棉纺织技术，一边又改革出一套赶、弹、纺、织的工具，如去籽搅车、弹棉椎弓、三锭脚踏纺纱车等。虽然黄道婆回乡几年后就离开了人世，但她跟木工师傅一起，经过反复试验，把用于纺麻的脚踏纺车改成三锭棉纺车，使纺纱效率一下子提高了两三倍，而且操作也很省力，在松江一带很快地推广开来。（当时松江一带用的都是旧式单锭手摇纺车，功效很低，要三四个人纺纱才能供上一架织布机的需要。而黄道婆革新的三锭棉纺车，据专家考证，是当时世界上最先进的棉纺机械。）

黄道婆除了在改革棉纺工具方面做出重要贡献以外，还把从黎族人民那里学来的织造技术，结合自己的实践经验，总结成一套比较先进的“错纱、配色、综线、絜花”等织造技术，热心向人们传授。因此，当时乌泥泾出产的被、褥、带、帕等棉织物上有折枝、团凤、棋局、字样等各种美丽的图案，鲜艳如画。一时“乌泥泾布”不胫而走，江浙一带都竞相仿效，这些纺织品远销国内外，很受欢迎，很快松江府一带就成为全国的棉织业中心，历经几百年经久不衰。16世纪初，当地农民织出的布，一天就有上万匹。18世纪乃至19世纪，松江布更是远销欧美，被称为“衣被天下”，这凝聚了黄道婆的大量心血。（注：由于松江布的生产，为明清时期的松江地区，也即如今的上海市。生产力的提高、百业兴旺、对外交流等经济腾飞积蓄了张力，使上海有可能成长发育为亚洲远东一大商埠、一大经济中心，松江布为日后上海的发展打下了坚实的基础。)

黄道婆死后，家乡人纷纷掏钱为她举行隆重的公葬，并且在乌泥泾镇替她修建祠堂——先棉祠。黄道婆墓在上海县华泾镇北面的东湾村，于 1957 年重新修建并立有石碑。上海的南市区曾有先棉祠和黄道婆禅院。上海豫园曾有清咸丰时作为布业公所的跋织亭，供奉黄道婆为始祖。新中国成立后，上海人民为纪念这位杰出的劳动妇女，重修了黄道婆的墓，并建墓园。现在北京的中国国家博物馆里还陈列着她的塑像和松江布，供后人瞻仰。上海县港口镇北喜泰路西，有一所三间两进的黄母祠，它的第二进屋子当中，供着手里拿着棉花、头上扎着布巾的黄道婆塑像。2003 年，上海徐汇区文化局和华泾镇镇政府共同出资在黄道婆的墓旁建造了黄道婆纪念馆，展品 300 余件，展示了黄道婆一生为纺织业所作出的贡献。联合国教科文组织认定黄道婆为世界级的科学家，这也是上海人的光荣。

一曲黄梅

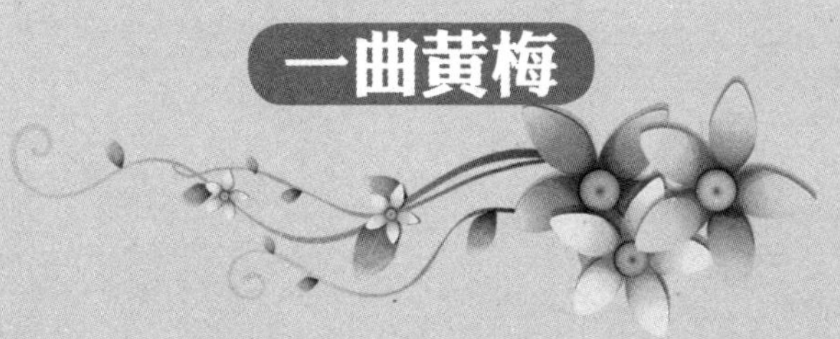

推开窗

释放满屋的寂寥

多情的晨

急急塞进霞光万道

我知道

她不属于我

一到晚上便会溜掉

倒是

窗台上那只饶舌的鸟

对着我

叽叽喳喳

喳喳叽叽

半是询问

半是述说……

——《同是独身》

严凤英一生共自杀过三次，吞金、上吊、服安眠药。前两次发生在新中国成立前，原因是不堪凌辱，但均被抢救脱险，但是在“文化大革命”中，她死成了，很惨，说来令人发指。那是1968年4月8日晚11点，离她38岁生日还差一个月又16天。当时她头戴13顶大帽子，不堪重负，服毒后曾失声痛哭，丈夫惊醒见到空药瓶，慑于禁令，不敢送医院抢救，而去报告造反派“头头”。“头头”闻讯大怒，当即召开批斗会，令严凤英立正挨批，直到药性发作，站立不稳方准许其夫送医院。第一家医院一口拒绝，第二家医院总算勉强收下，但是否抢救还需“头头”们开会研究决定，偏偏会上有两派意见，各从“红宝书”

中找依据，久久相持不下，直至处于昏迷状态的严凤英呼吸停止，“头头”们才停止争论。一条极富艺术才华的生命就这样没了……

安徽小龙山罗岭寨的龙山凤水呀子哟度假村是黄梅戏表演艺术大师严凤英的家乡，但在这里我们却没见到严凤英的故居，只见到了在巨石山上的七仙女石和董永石，两块石相距一段路，一上一下。七仙女石在下面的路口，董永石在上一点，就像七仙女在堵住董永的去路一般，导游说“天仙配”的故事起源就在这里。黄梅戏发源于湖北的黄梅，因距安庆很近，便传了开来，但一直没成气候，直到后来出了严凤英。是严凤英的《天仙配》《牛郎织女》等戏将黄梅戏推向了国内外，遗憾的是在罗岭寨我没听到一段优美的现代人唱的黄梅戏。

罗岭寨的巨石山生态文化旅游区素以奇峰、怪石、幽洞、秀水、玉兰闻名于世，被称为“五绝”。48 峰、36 谷、81 石、72 洞、一串湖心岛、满山白玉兰……相映成趣，贵在天然。奇峰有龙头峰、织女峰（猴子峰）、罗汉峰、牛郎峰、莲花峰等。其中龙头峰、织女峰，海拔 500 多米，双峰耸峙，峻峭峥嵘，让黄梅戏《天仙配》的故事在这里演绎得更加真实。这里生物资源丰富，竹林似海，松风如涛，深秋枫叶红胜火，阳春杜鹃花欲燃。更有那满山的白玉兰，花放时节，如白云浮空，群鸥翔集，使人浮想联翩。像这样成片的野生白玉兰，华东地区绝无仅有，全国亦属罕见。在这片生机勃勃的森林间，栖息着众多珍禽异兽，它们是龙山凤水的精灵，为严凤英这颗艺术巨星的升起增添了神秘和生机。

严凤英（1930—1968），原名严鸿六，安徽安庆市宜秀区罗岭镇黄梅村人，中共党员，历任安徽安庆市黄梅戏学院名誉院长、中国文联三届委员、四届全国政协委员，黄梅戏表演艺术家。她10岁开始学唱黄梅调，为族人所不容，后跟随严云高学戏，取艺名凤英。在1952年上海举行的第一次华东戏曲会演，严凤英以黄梅戏传统小戏《打猪草》和折子戏《路遇》，获得广泛赞誉，1954年因在黄梅戏电影《天仙配》中饰演七仙女而扬名全国。在23年的黄梅戏演出艺术实践中，严凤英博采我国各地方戏众长，融会贯通，自成一家，世称严派。

严凤英12岁学唱黄梅戏，15岁搭班参加演出，由于走红，旧社会各类恶势力向她袭击，为了摆脱恶劣环境，她只得反抗、逃跑。据有关资料记载，她于1947年年底避走南京学习京昆艺术与歌舞，不知情者说她此时失踪了。其实，在她避走途中，由她的祖父护送，曾路经秋浦，在秋浦河两岸和殷汇镇上唱了三个月的黄梅戏，在严凤英短暂的黄梅戏生涯中，她的这段避走秋浦唱黄梅戏的故事鲜为人知。

严凤英一生共自杀过三次，吞金、上吊、服安眠药。前两次发生在新中国成立前，原因是不堪凌辱，但均被抢救脱险；但是在“文化大革命”中，她死成了，很惨，说来令人发指。那是1968年4月8日晚11点，离她38岁生日还差一个月又16天。当时她头戴13顶大帽子，不堪重负，服毒后曾失声痛哭，丈夫惊醒见到空药瓶，慑于禁令，不敢送医院抢救，而去报告造反派“头头”。“头头”闻讯大怒，当即召开批斗会，令严凤英立正挨批，直到药性发作，站立不稳方准许其夫送医院。第一家医院一口拒绝。第二家医院总算勉强收下，但是否抢救还需“头头”们开会研究决定，偏偏会上有两派意见，各从“红宝书”中找依据，久久相持不下，直至处于昏迷状态的严凤英呼吸停止，“头头”们才停止争论。但事情还没有完，因为活着的严凤英“罪孽深重”，遗体也不可能清白无辜，必须剥光衣服开膛破肚，查查体内是否藏着什么收发报机……其实，查收发报机是假，因为有个“头头”一言泄露了天机：“嘿嘿，这下，老子可把严凤英身上的什么都看清了！”

三次自杀，以程度和决心来看，这第三次均不如前两次，因为严凤英服毒后没掩藏药瓶，并失声痛哭，可表明她内心死意不甚坚决，若抢救，有的是时间。是见死不救才导致严凤英死亡。1978 年 5 月 23 日，中共安徽省委宣布为严凤英平反昭雪，同年 8 月 21 日，省文化局举行了严凤英骨灰安放仪式。

从被调入安徽省黄梅戏剧团至 1966 年的 13 年间，严凤英演出了 50 多个大小剧目，如《天仙配》《女驸马》《江姐》等。尤其是在《天仙配》《女驸马》中塑造的七仙女、冯素贞的艺术形象，成了她的代表作，也是黄梅戏中的珍品。她主演的《天仙配》《女驸马》《夫妻观灯》《牛郎织女》，被拍摄成了黄梅戏电影艺术片，其中《天仙配》荣获文化部“金质奖章”。严凤英是公认的“黄梅戏一代宗师”。

严凤英共有三段婚姻。20 世纪 50 年代初，严凤英生下第一个儿子王小亚，那时她与王小亚的父亲王兆乾还未结婚。未婚生子，在那时算得上一件轰动的大事。领导要她为这件事做检讨，并不让她穿列宁装。她把头发一梳，穿上旗袍，胸脯一挺：不让我穿列宁装我穿旗袍。

王兆乾是安庆军分区的业务骨干，在安庆他住在伯父家，他的伯母是德国人，伯父是南京大学的教授，很有学问。王兆乾和严凤英是一起学跳交谊舞认识的。王兆乾很有才气，1947年在大别山时，就开始收集民间音乐和黄梅调。1949 年 9 月，他将《王贵与李香香》改编为黄梅调上演，首次为黄梅戏改革探索了道路。他是《黄梅戏音乐》一书的作者。

两个人分手的导火线，据说是因为严凤英在南京舞厅谋生时，认识的当时南京有名的“甘家大院”的三少爷甘律之之事。

严凤英的第二段婚姻，丈夫是甘律之。南京甘家居南捕厅 100 多年，从抗战始至新中国成立后，梅兰芳等多位梨园英华都是甘父甘贡三的座上宾。甘家的三公子甘律之不仅老生、小生都能唱，还拉得一手好京胡。严凤英曾经在甘家居住，学习“京、昆”艺术。1951 年，严凤英回到安庆，甘律之为她购置行头，支持她重登黄梅戏舞台。1953 年夏，严凤英随安徽省黄梅戏剧团在南京大戏院公演《打猪草》，为感谢甘家的帮助，她买了许多礼品去看他们。去南京时王兆乾也跟过去了，还跟甘律之碰上了。严凤英给他们互相介绍，但王兆乾没理睬他，甘律之跟他握手，他也没握，据说还打了严凤英。

甘律之曾有回忆：“婚后我与凤英同去合肥，夫妻感情一直很好。以后我随汪剑云（甘律之姐夫，梅派青衣）赴山东、河北一带演出。因夫妻分居，又因历史原因，夫妻离异。尽管如此，离婚后凤英还多次在朋友面前称赞我为人忠厚，在艺术上对她的帮助极大。”

1956 年下半年，严凤英在排演《王金凤》时认识了导演王冠亚并结婚，开始了她的第三段婚姻。

1954 年华东区戏曲会演，严凤英主演的《天仙配》获得了一等奖，这次汇演直接为 1955 年电影《天仙配》的拍摄奠定了基础。1955 年，电影《天仙配》开拍。随着电影的播映，黄梅戏从安徽省的一个地方小剧种，变成了全国知名剧种。那应该是严凤英最好的时光。

严凤英过世后，王冠亚一直未再娶。他把精力用在给严凤英写传、拍传记电视剧上。20 世纪 80 年代红极一时的电视剧《严凤英》，就是他编剧的。

游在安庆的罗岭镇，本人的感受是除了看风景，更应该读一读严凤英，她执着黄梅戏的一生，真应了她家乡人对她的评断：“为黄梅戏而生，为黄梅戏而死！”

愿埋骨西泠

我把

一朵蒲公英扯碎了

吹向空中

任它纷纷扬扬

烟花般坠落

带着故事躺下

但是折断的花瓣

仍在透过阳光

抖落昨天

散放幽香……

——《躺着的蒲公英》

虽然秋瑾就义已经100多年了，但她那勃勃英姿的男妆肖像，她那“拼将十万头颅血，须把乾坤力挽回”的男子汉般铿锵有力的话语，她临刑写下的“秋风秋雨愁煞人”的诗句，仍时时回荡在国人的记忆中。秋瑾一生留下许多著作，包括120多首诗、38首词，都凸显了她以天下为己任，大义凛然，气势豪迈的气概。如“祖国沉沦感不惑，闲来海外觅知音。金瓯已缺总须补，为国牺牲敢惜身”。词中一股英雄豪气喷薄而出，它已经不是一般人忧国伤时的叹息，而是奋起救国，不惜以身殉国的誓言。近年来这位辛亥革命时期的风云人物、奇女子的故居、纪念碑、墓园纷纷在国内多地矗立。

（一）绍兴秋瑾故居

位于绍兴市区塔山西麓的和畅堂是清代建筑，也是绍兴著名的旅游景点。鲁迅家的三味书屋就在附近。1988 年被公布为全国重点文物保护单位。和畅堂原为明代大学士朱赓的别墅，1891 年，秋瑾的祖父秋嘉禾从福建告老还乡，向朱氏后裔典入其别墅桂花厅的一部分，为晚年隐居之所。少年时代的秋瑾在此读书习文，练拳舞剑。1906 年，她自日本归国，到被捕前夕，在这里生活和从事革命活动，留下了许多珍贵的文物和史迹。和畅堂布局严谨，风格简约无华。黑漆大门没有任何装饰，庄重朴实。堂前正中有一匾，上书“和畅堂”三字。“和畅”是取王羲之《兰亭序》中的“惠风和畅”之意。故居共有房屋 5 进，青砖白墙乌瓦，穿斗结构，硬山顶。第一进为门厅，门楣上“秋瑾故居”匾额系何香凝手书。第二进自西至东分别为会客室、堂前、餐室。正屋的东边有小楼，楼下为秋瑾卧室，均按原状布置，木床、书桌皆为当年原物。至今屋内仍挂有一张秋瑾男装小照。卧室里的书桌以及文房四宝等，则显示了秋瑾的文采。卧室后壁有一夹墙密室，为秋瑾藏放革命文件及武器之处，至今保存完好，弥足珍贵。第三、第四两进原为秋母及兄嫂住房，现辟为秋瑾史迹陈列室，展出秋瑾诗词手稿、家书、照片、印章、头巾、文献等文物，更有孙中山、宋庆龄、周恩来等名人评价秋瑾的题词。

（二）湖南娄底双峰秋瑾故居

位于湖南省娄底市双峰县荷叶镇神冲街口的秋瑾故居也为

清代建筑，青砖白墙乌瓦，青石斜阳、亭台翘檐、青瓦驳墙。何香凝先生题写的“秋瑾故居”匾额悬挂于此。秋瑾故居遗址已被双峰县政府于2003年公布为不可移动文物。秋瑾故居由正厅、左右厢房及天井和杂物间组成。故居陈列物品中有许多是原物，卧室中的床、书桌和衣柜，堂屋中的方桌和板凳，厨房中的大水缸和碗柜，农具室中的石磨、水车和大木耙等，都曾留下过秋瑾与丈夫王廷钧的印迹。在秋瑾短短31年的人生里，这座故居却陪伴了她整整7年，生育了一男一女。2007年10月，秋瑾生活过的双峰县被全国妇联正式命名为全国第一个“中华女杰之乡”。

（三）湖南湘潭秋瑾故居

湘潭的秋瑾故居，位于湘潭市雨湖区十八总由义巷4号。此故居原是丈夫王廷钧家开设的“义源当铺”，秋瑾嫁给王廷钧后经常往返于双峰、湘潭。这是一个小庭院，一栋双层的木质楼房，面积在50平方米左右，院内有天井、柴房等设置。当时的“义源当铺”曾被列为辛亥革命纪念地，孙中山手书“秋瑾故居”匾额置于大门之上。湘潭秋瑾故居是湘潭市市级文物保护单位，于1982年9月2日正式对外开放。

（四）湖南株洲秋瑾故居

株洲秋瑾故居位于株洲市石峰区清水塘大冲村，目前基本修复完善。此处的秋瑾故居规模宏大，气势壮观，东西长达80余米，约有三进两层房屋13栋，天井10个，亭子3座。故居集当地民居与江浙建筑风格于一体，房屋两侧为吊脚楼，前庭有两面装饰用的墙壁，这种建筑风格在当地极为罕见。1896年，秋瑾与王廷钧结婚，秋瑾曾居住在此。株洲秋瑾故居是王廷钧父亲给秋瑾和王廷钧置办的婚房，是秋瑾所有故居中最大最豪华的，也是他们生前唯一的房产。

（五）几经纠结的秋瑾墓

1907 年 7 月 15 日，秋瑾就义殉国。秋瑾牺牲后，因清政府大肆搜捕革命志士，一时风声鹤唳，气氛恐怖。秋家被抄，家人四散，顾及不暇，致使秋瑾尸体在绍兴街头暴晒数日，家人不敢安葬。后尸体由绍兴的同善堂草草收殓，葬于绍兴的卧龙山麓。后来，秋瑾好友吴芝瑛和徐自华不顾自身安危，挺身而出，于 1907 年腊月二十二日，冒死将秋瑾尸体“偷”回，并将秋瑾遗体安葬于杭州西湖的西泠桥畔，做了墓碑，写了墓表。这是因为当年秋瑾与友人游西湖，在凭吊岳飞墓时，曾感言自己死后，若能埋于此地，将终身无憾。好友吴芝瑛和徐自华就是为了实现她“愿埋骨西泠”的遗言。然而这件事又引起清政府的恐慌，忙勒令把墓迁走。烈士灵柩又被运到绍兴，后又送回湖南湘潭。其丈夫王廷钧家将秋瑾遗体安葬在王家祖坟之湘潭昭山。别轻看此举，过去习俗，自家人在外面非正常死亡的，是不能葬入祖坟山的，何况秋瑾是革命党，时值清朝未亡，王家不怕连累，将秋瑾作自家人对待，是很重情义的，这也击败了秋瑾与婆家不和的传言。辛亥革命胜利后，当局又和王家商议要将秋瑾遗体请回西湖公葬，王家又以大局为重，同意了。1912 年元旦，“中华民国”成立，当局把秋瑾灵柩由湖南运送到上海，举行了隆重的追悼大会，然后用火车护送到杭州，重新安葬于西泠桥下。1921 年孙中山到杭州，亲自赴秋瑾墓致祭，并题写“巾帼英雄”之匾额。荒唐的是“文化大革命”时，造反派居然又把秋瑾遗骸当作“四旧”，迁至杭州鸡笼山中。直到 1981 年，才复葬于西泠桥下。现在的秋瑾墓基座由花岗石砌筑而成，上有汉白玉秋瑾立像，正面大理石镶嵌孙中山题字“巾帼英雄”。只见秋瑾长裙曳地，持剑沉吟，热血忠勇，是秋瑾最本真的女侠形象。

（六）秋瑾纪念碑

在绍兴解放北路的轩亭口，是秋瑾就义的地方。秋瑾纪念碑于 1930 年在此落成，碑座正面刻有蔡元培撰、于右任写的碑记，碑身镌有张静江的题书“秋瑾烈士纪念碑”。后壁上镌刻“巾帼英雄”四字，系孙中山先生手书。现在纪念碑西面建有“轩亭口”牌坊，东面立有秋瑾汉白玉雕像。

千户苗寨，女子如花

看不见的看见

清新妖娆

漫漫飞扬

随风随雨随路随云

直上九霄

看见的看不见

潇洒跨山跨水

舒展飘荡

搭一座座彩虹啊

要你

快乐徜徉

哎，只是栖身的小屋

每个晚上总还落下一地的羽毛

……

——《一地羽毛》

俗话说“一方水土养一方人”，空气好，环境好，水土好，西江苗寨出美女。才踏入西江苗寨，我被眼前的一切惊呆了，妇女们穿着苗族的衣裙，盘着的花形发髻上，一朵大大的红花开在刘海之上，这就是花苗的特征。花苗女性美丽温柔，尽管她们日益劳作皮肤黝黑，但那份女德、好客、贤淑却让她们的健康美让人怦然心动！她们戴着漂亮的银饰，穿着华丽的苗族服饰，略施粉黛，亭亭玉立，美丽异常。

落落大方的她们都说自己是蚩尤的后代……

我采访过西江苗寨的年轻姑娘：“你们说是蚩尤的后代，怎么在这里落户？”她们回答：“打了败仗，一路逃呗，从黄河流域逃到长江流域，再在这里落户，我们这里有一部传唱的苗族史诗叫《枫树歌》，说我们的祖先姜央就是从枫树中生出来的。我们这里世世代代崇拜枫树，不准砍伐。”

把这群美丽的女子与“蚩尤的凶蛮顽强”连在一起，也是西江苗寨的神奇之一。

规模庞大的西江千户苗寨是在1987年被几个徒步旅游考查的日本学者发现的，他们惊愕当地的苗族还保留着这么完整的苗族文化习俗和生活习惯。他们认为这是中国对世界民族文化的贡献。于是一批又一批的日本游客又带来了东南亚的很多游客。外国人的喧腾让一直安静生活着的西江千户苗寨走进了国人的视野。

西江千户苗寨，位于贵州省黔东南苗族侗族自治州雷山县东北部的雷公山麓，距离县城36千米，距离黔东南州州府凯里35千米，距离省会贵阳市约260千米，由十余个依山而建的自然村寨相连成片，是目前中国乃至全世界最大的苗族聚居村寨。西江有远近闻名的银匠村，苗族银饰全为手工制作，其工艺具有极高水平。西江是一个保存苗族“原始生态”文化完整的地方，是领略和认识中国苗族漫长历史与发展的首选之地。有学者说：“西江千户苗寨，一座露天博物馆，展览着一部苗族发展的史诗。”

俗话说“一方水土养一方人”，空气好，环境好，水土好，西江苗寨出美女。才踏入西江苗寨，我被眼前的一切惊呆了，妇女们穿着苗族的衣裙，盘着的花形发髻上，一朵大大的红花开在刘海之上，苗族女性美丽温柔，尽管她们日益劳作皮肤黝黑，但那份女德、好客、贤淑却令她们的健康美让人怦然心动！她们戴着漂亮的银饰，穿着华丽的苗族服饰，略施粉黛，亭亭玉立，美丽异常。

西江千户苗寨属亚热带湿润山地季风气候，年降水量约1300~1500毫米，年平均气温14℃~16℃，冬无严寒，夏无酷暑。当北京、上海、广州、重庆、长沙等城市炎热难耐之时，这里却清凉宜人，是消夏避暑的好去处。西江千户苗寨所在地形为典型河流谷地，清澈见底的白水河穿寨而过。千百年来，勤劳勇敢的西江苗族同胞在这里日出而耕，日落而息，开辟出了大片的梯田，形成了浓郁的农耕文化与优美的田园风光。苗族居民充分利用这里的地形特点，在半山建造独具特色的吊脚楼，上千户吊脚楼随着地形的起伏变化，层峦叠嶂，鳞次栉比，蔚为壮观。苗家的领袖称为“鼓藏头”，一经选出即总理苗寨的一切事务。农历的三月，苗家有个“播种节”，这一天，要选出苗寨干农活最有经验的一位老者，被称为“活路头”的，他要率领西江及周边16个自然村的农家好把式祭拜天地、龙神，祈求保佑一年的好收成后，开始春耕。“活路头”有一片公用田，由村民义务耕作，收成后得到的经济收入用于举办村里的各种活动，如西江每年的苗年节、吃新节、十三年一次的牯藏节等均名扬四海。

西江千户苗寨的女孩子知道自己长得好，总是以微笑来感激别人欣赏的眼神。又由于周围长得好的姐妹太多，她们也不会腼腆或孤傲，更不会招摇。女孩子们喜欢苗寨青山环抱的空间，她们劳作着用苗寨的底蕴滋润自己。与她们相比，各地城市里很多远不如她们美丽的女孩子成天揽镜弄影、装娇扮酷，真是折腾得很。不少游客未到苗寨之前，总以为苗寨女孩的美属于山野之美、边远之美，其实西江苗寨女孩子美得端正朗润，反而更接近中华文明的主流淑女形象。如果不是那套银饰叮当的民族服装，她们的容貌，似乎刚从长安梨园或扬州豪宅中走出一般。问起她们的家史血缘，她们都会嫣然一笑说自己是蚩尤的后代。

在苗寨最有趣的要算“游方场”，它是男女青年谈恋爱的场所，一般设在村头寨尾，每到夜间，未婚小伙们用吹口哨、吹树叶、唱山歌等信号邀姑娘来游方。节日的游方，则更有味了，姑娘打扮得花枝招展，小伙吹笙邀请舞伴，相知相爱后父母同意便成了一对。苗族的歌舞有“飞歌、古歌、游方歌、敬酒歌；笙舞、铜鼓舞、独舞、双人舞、集体舞”等。歌中游方歌最缠绵；敬酒歌最霸道，如有一首敬酒歌词为“阿哥你到苗家来、阿妹米酒来招待，阿哥会喝请多喝，阿哥不会也要喝”。和我同去的几位上海男士就被这敬酒歌灌得晕了、醉了、脚步歪了，让人大笑不止。苗寨的芦笙舞最漂亮，它是苗族的主要舞蹈形式，历史悠久，舞姿多变，内容丰富多彩。苗家住的都是吊脚楼，多为三层，底层养牲口，第二层父母兄弟住，女儿们住在三层，那黑瓦的屋顶下有宽敞的“美人靠”，是供姑娘们靠在那儿绣花、编织，或靠在那儿等情人的。如果有小伙被允许上到三楼，那外人就嘻说他是“靠美人”了。苗寨的女儿是富养的，故个个娇美。

据《山海经·大荒南经》及郑玄注，蚩尤被黄帝擒获后戴上了木质刑具桎梏（锁脚的部分叫桎，锁手的部分叫梏），从今天河北北部的涿鹿县，押解到今天山西西南部的运城地区。这条路很长，要穿过河北省的一部分，山西省的大部分，将近两千华里。蚩尤的手足都被桎梏磨烂了，桎梏上渗透了血迹。为什么长途押解？为了示众，为了让各地异心归伏。

我问过西江苗寨的年轻姑娘："你们说是蚩尤的后代，怎么在这里落户？"她们回答："打了败仗，一路逃呗。从黄河流域逃到长江流域，再到这里落户，我们这里有一部传唱的苗族史诗叫《枫树歌》，说我们苗族的祖先姜央就是从枫树中生出来的。我们这里世世代代崇拜枫树，不准砍伐。"

把这群美丽的女子与"蚩尤的凶蛮顽强"连在一起，也是西江苗寨的神奇之一。

娘子军

心雨

下了一整夜

絮絮叨叨

叨叨絮絮

无助地沿每一处挂下

倒流的思绪

湿漉漉

点点滴滴

滴滴点点

无处可挂……

似烟缕缕

似雾团团

直把人缠……

——《心雨下呀下》

说起当年的台儿庄战役，几乎无人不晓。然而，鲜为人知的是，在这场恶战中，活跃着一支“娘子军”，她们在炮火硝烟、刀光剑影中，奋战在古老的运河两岸，在中国抗战史上留下了辉煌的足迹。

她们由60名女学生组成，其中年龄最大的25岁，最小的只有15岁。为了参加抗战，她们有的冲破了家庭阻拦，有的说服未婚夫推迟婚期……

这是一座英勇的城市，铮铮铁骨的男儿们不仅为国捐躯，还为世界留下了继滑铁卢、葛底斯堡、凡尔登后的又一个历史上作为转折点的二战小城——“台儿庄”。

台儿庄位于枣庄南部，地处徐州东北30千米的大运河北岸，临城至赵墩的铁路支线上，北连津浦路，南接陇海线，西面毗邻南四湖，是南下徐州的最后一道屏障，为兵家必争之地。抗日战争时是日军夹击徐州的首争之地，可见台儿庄地理位置的重要。当年日军夺取山东要地后，增加兵力，追击中国军队。日军第10师团由北向南展开进攻，第5师团由东北方向从临沂向峄县（今峄城）进攻配合作战。1938年3月下旬，一场震惊中外的台儿庄战役就发生于此。

1938年3月23日，日军由枣庄南下，在台儿庄北侧的康庄、泥沟地区与守军警戒部队接战。为诱敌深入，国民党第31师刘兰斋连长率骑兵连从台儿庄出发，向峄县方向搜索前进，91旅旅长乜子彬率183团跟进，在峄县城南10千米的康庄与日军遭遇，台儿庄地区战斗正式打响，国民党部队为诱敌深入边打边撤。3月24日，日军逼近台儿庄以10门大炮开始向台儿庄大举进攻，国民党91旅183团3营营长高鸿立率领士兵，每人一把大刀、8颗手榴弹，杀入敌人炮兵阵地，砍得敌人弃炮而逃。同日，日军2000多人在飞机、大炮和坦克的配合下，再度向台儿庄大举进攻。坚守台儿庄北门的186团1营在王震团长和姜常泰营长的指挥下顽强抵抗，并在城北门外与日军展开白刃战，打退日军的多次进攻。1营是新兵团，入伍才半年，几乎全部牺牲在台儿庄北门。当晚，日军200人突破小北门，躲进小北门附近的泰山庙，王震团长亲率将士围攻泰山庙杀敌，终将其消灭。从3月24日起，日军反复向台儿庄猛攻，多次攻入庄内。守军第2集团军顽强抗击，日军猛攻三天三夜，才冲进城内。3 月 27 日，得到增援后的日军对台儿庄城发动第三次攻击，日军炮轰台儿庄围墙，北城墙被炸塌，小北门亦被毁，守卫小北门的 181 团 3 营官兵牺牲殆尽，300 多日军突入城内，惨烈的巷战开始，城内中国守军同日寇展开了激烈的巷战。尽管日军占据了全庄的 2/3，但坚守在南关一带的中国守军至死不退，死守阵地，目的是为了外线部队完成对日军的反包围，来个瓮中捉鳖。3 月 28 日，日军攻入台儿庄西北角，切断了中国守军第 31 师与庄内的联系。该师师长池峰城以强大的炮火压制敌人，并组织数十名敢死队员，与敌肉搏格斗。汤恩伯军团关麟征第 52 军和王仲廉第 85 军在外线向枣庄、峄县日军侧背攻击。3 月 29 日，日军濑谷支队再以兵力支援，并占领了台儿庄东半部。3 月 31 日，中国守军将进入台儿庄地区的濑谷支队完全包围而定胜局。

然而，鲜为人知的是，在这场恶战中，活跃着一支妇女战地服务团的“娘子军”，她们在炮火硝烟、刀光剑影中，奋战在古老的运河两岸，在中国抗战史上留下了辉煌的足迹。

她们由 60 名女学生组成，其中年龄最大的 25 岁，最小的只有 15 岁。为了参加抗战，有的冲破了家庭阻拦，有的说服未婚夫推迟婚期……女孩子们换上了戎装，走上战场。

当时台儿庄战役的军医处设在陇海路的车辐山站，这里从战场上送下来的伤员很多。妇女战地服务团的女孩打扫晒谷场和牛棚，铺上稻草安置伤员，为伤员包扎治疗、喂水喂饭，然后将他们转送到后方医院。在中国部队与日军惨烈厮杀时，战地服务团的女战士顶着枪林弹雨，爬过运河浮桥，到战场上救护伤员，跳进战壕分发慰问品，为战士们缝补军衣、代写家信。军队从台儿庄奉命转移时，妇女战地服务团随部队同行。女战士们把伤员全部送走后，背上给养、手榴弹又出发了，白天有敌机尾随轰炸，晚上有照明弹搜寻。妇女战地服务团跟随部队突破了敌人的封锁线，转移到后方医院，这里仅从台儿庄转来的伤员就有 3000 多人，妇女战地服务团立即投入抢救工作。

这支妇女战地服务团先后历时 5 年，历经黔、湘、鄂、苏、鲁、皖等十余省，尤其在著名的台儿庄大战中，她们做出了很大的贡献。

台儿庄大战是抗日战争初期中国军队继平型关大捷后的又一重大胜利。台儿庄战役，我军毙伤日军 11984 人，俘虏 719 人，缴获大炮 31 门，装甲汽车 11 辆，大小战车 8 辆，轻重机枪 1000 余挺，步枪 10000 余支。

我军牺牲将士 30000 多人，并被毁了一座美丽的台儿庄古城。

她，她的时代

你猜测

猜测

我的诗的背后

藏着什么

你寻问

寻问

我的诗的旋律里

可否有你的和声

给你

那个雨滴敲击

敲击出来的世界

一对叶上的露珠

相信

相信哪一颗的滚落

都将有一首诗的飞溅

——《猜测》

综观历史，我认为女皇武则天对唐朝发展做出的第一个贡献是打击了保守的门阀世族；第二个则是促进了经济的发展（如武则天在建言十二事中就建议“劝农桑，薄赋役”的作为）；第三个贡献是稳定了边疆形势；第四个贡献是推动了文化的发展。武则天特别注重从科举考试中选拔高级官吏。她那个时代，雕塑和绘画艺术也达到了前所未有的水平。如今我们翻开佛教经典都会看见一段开经偈：“无上甚深微妙法，百千万劫难遭遇。我今见闻得受持，愿解如来真实义。”那是武则天当年阅读《华严经》八十卷译本时欣然所题。这四句偈做得实在太好了，以致后来许许多多高僧大德想再做一首偈都没有办法超过她，一直到现在也没有人能够再做另一首开经偈。千百年后的今天，大凡佛教寺院，每天早晚课诵经文之前，都要先念这四句“开经偈”。另外，闻名天下的洛阳龙门石窟中，一尊最大的佛像——卢舍那大佛坐像——龙门石窟中艺术水平最高的雕像，也是中国佛教雕塑的顶峰，就是以武则天的相貌为原型而雕琢的，慈祥和善，“方额宽颐”，丰满富态，当地人也称之为“武则天像”。

我对山西的文水一直很感兴趣，因为那里出了两个不得了的女子，一为女英雄刘胡兰，二为中国唯一的女皇帝武则天。毛泽东为15岁的刘胡兰题字“生得伟大，死得光荣”；宋庆龄为武则天的纪念碑题词“武则天是中国历史上唯一的女皇帝，封建时代杰出的女政治家”。

我们一行到山西的五台山烧了香，又逛了平遥古城，大家商议再到哪里去看看时，一位同游说去文水的武则天纪念馆，年轻活泼的女导游说：“那是我国唯一留下来的一座武则天的庙，建于唐朝，但很少有人去参观的。”这正合我意，我们便朝文水行进。

我们的车一直在吕梁山旁的公路上行驶，两旁尽是玉米田，玉米快要收获了，枯秆枯叶的没有风采。天上的云层压得很低，一大片一大片的白云离我们很近，而蓝天高悬，这让人有压抑感。车从农田到达县城，又临偏僻的一方绿油油的农田，司机将车开进一条小路，走完小路，一座唐朝风格的四方小庙宇呈现在我们面前，建筑只有唐朝建的一座小庙“则天寺”和现代建的一座纪念碑，碑文就是宋庆龄的题词，这是一位伟大的寂寞女人对另一位伟大的寂寞女人的历史定位。武则天纪念馆在蓝天白云的衬托下很干净，也很肃穆，那种肃穆中带着不愿被打扰的拒绝，这令我想到武则天的无字碑墓。接待员告诉我们：“游客太少了，能读懂武则天的人不多。”真人大小的女皇帝的塑像端庄严肃，她的“佛龛”上端有一条龙，据说那条龙是唐朝的艺匠所雕，我看那龙确有唐朝塑像的风格，胖胖的，有点呆。而女人头上能放龙的，普天下千古唯有武则天。站在女皇帝两旁的是她的女儿太平公主和女官上官婉儿。

武则天（624—705），山西文水县人，中国历史上唯一一个女皇帝，也是即位年龄最大（67 岁即位）的皇帝。武则天父亲武士彟，母亲杨氏。其父家境殷实。隋炀帝大业末年，李渊任职河东和太原之时，因多次在武家留住，与其结识。后李渊在太原起兵反隋，武家曾资助过钱粮衣物，所以唐朝建立以后，武士彟作为唐朝功臣出任光禄大夫，封太原郡公，后来历任工部尚书、黄门侍郎、荆州都督等职。武则天是武家次女，14 岁入后宫为唐太宗的才人，唐太宗赐号媚娘，唐高宗时初为昭仪，后为皇后，尊号为天后。后来在唐太宗病重期间，武则天与后来的高宗李治建立了感情。贞观二十三年（649 年）唐太宗死后，武则天和部分没有子女的嫔妃们一起入长安感业寺为尼，但是她与新皇帝唐高宗李治一直藕断丝连。永徽二年（651 年），武则天复召入宫，获得高宗的宠爱，第二年便升为昭仪（二品），还生下了她和李治的第一个儿子李弘。后来，武则天不满昭仪之位，想当皇后。据说她设计杀死了王皇后，自己当上了皇后。显庆五年（660 年）十月，唐高宗风疾发作，让武则天处理朝政，但因武权势欲太强，导致武则天差一点被唐高宗废后。以后唐高宗的身体每况愈下，繁重的国事必须由武则天来决断。武则天又上书唐高宗，提出十二条改革措施，向全天下颁布她的政治纲领。历史上一般把它叫作“建言十二事”。这十二件事分为四个方面：第一，施惠百姓。切实减轻农民负担。劝课农桑，轻徭薄赋。停止对外作战，减少公共工程。把京城老百姓的徭役给免了。第二，笼络百官。从提高官员的待遇入手。给八品以上的官员涨工资，给才高位卑、长期得不到晋升的中下级官僚升官。第三，提高母权。如果母亲去世，父亲还在世，也要为母亲守孝三年。第四，提倡节俭。当时皇后的裙子一般是十三个褶，可武则天只穿七个褶子的裙子。诸如此类的施政改革使武则天的威望更加提高了。显庆二年（657 年）唐高宗在洛阳病死。武则天 684 年迁都洛阳，改洛阳为神都，建立武周，自己称帝。

从唐代开始，对武则天历来有各种不同的评价，角度也各不相同。特别是司马光所主编的《资治通鉴》，对武氏严厉批判。

我认为综观历史，武则天对唐朝发展做出的第一个贡献是打击了保守的门阀世族；第二个贡献是促进了经济的发展（如武则天在建言十二事中就建议“劝农桑，薄赋役”的作为）；第三个贡献是稳定了边疆形势；第四个贡献是推动了文化的发展。武则天特别注重从科举考试中选拔高级官吏，她那个时期，雕塑和绘画也达到了前所未有的水平。如今我们翻开佛教经典都会看见一首开经偈：“无上甚深微妙法，百千万劫难遭遇。我今见闻得受持，愿解如来真实义。”那是武则天当年阅看《华严经》八十卷译本时欣然所题。这四句偈做得实在太好了，以致后来许许多多高僧大德想再做一首偈都没有办法超过她，一直到现在也没有人能够再做另一首开经偈。千百年后的今天，大凡佛教寺院，每天早晚课诵经文之前，都要先念这四句“开经偈”。另外，闻名天下的洛阳龙门石窟中，一尊最大的佛像——卢舍那大佛坐像——龙门石窟中艺术水平最高的雕像，也是中国佛教雕塑的顶峰，即是以武则天的相貌为原型而雕琢的，慈祥和善，“方额宽颐”，丰满富志，当地人也称之为“武则天像”。

对武则天的负面评价，是其主政初期，大兴告密之风，重用酷吏周兴、来俊臣等，以及身为女子，竟然拥有不少男性嫔妃（称为“男宠”），所以一些史书对她的所作所为大加鞭挞，直斥其阴险、残忍、善弄权术。

神龙元年（705 年）正月，张柬之、桓彦范、崔玄、敬晖等人联合右羽林大将军李多祚发动政变，杀死武则天的“二张”男宠兄弟，逼武则天退位，迎中宗复位，恢复唐朝旧制。同年十二月，武则天去世，享年 83 岁，遗诏“去帝号，称自己为则天大圣皇后”。武则天的无字丰碑位于武则天和高宗合葬的乾陵（在今陕西乾县），整个陵园规制仿照唐京长安城。墓前有两块碑，一块是高宗的墓碑，上有武则天的题词，另一块是武则天的无字墓碑。整个陵园所在的山犹如一个女性静静地仰卧大地，直面苍穹。

我认为1000多年后，中华人民共和国名誉主席宋庆龄先生的评断“武则天是中国历史上唯一的女皇帝，封建时代杰出的女政治家”是恰如其分的。

本来我们还想去瞻仰一下刘胡兰的故居，但因天已黑，便带着后会有期的遗憾沿着吕梁山一路返回了……

爱情的距离有多远

你

信还是不信

我

给你信中的

冷静

信

那就是你错了

不信

也错在你

因为

那潭湖还在摇

因为

那湾溪还在淌

所以

信不信由不得你

错不错全都是你

——《全都是你》

作为孙中山秘书的宋蔼龄即将结婚时，向孙中山推荐妹妹庆龄来代替她当秘书，孙中山赞成这个建议，庆龄也愉快地同意了。当宋庆龄第一次见到孙中山时，就迷上了他，其时孙中山正在东京流浪。但孙中山 1.59 米的身躯，在美丽的宋庆龄看来，竟是异常的伟岸。或许也没有人能分清爱和崇拜的距离有多远。婚后在宋庆龄的眼中，孙中山不仅是丈夫，更是自己的老师，自己的一生，将毫无保留地奉献给他 。她告诉挚友：“我的丈夫在各方面都很渊博，我从他那里都能学到很多。我们更像是老师和学生。我对他的感情就像一个忠实的学生。”

上海孙中山故居位于上海香山路七号（原莫利爱路二十九号），离繁华的淮海路只有咫尺之遥，在两旁尽是梧桐树掩映的香山路上，洋气而不失端庄。故居占地面积2000多平方米，内有孙中山住宅和孙中山文物馆。这幢欧洲乡村式小洋房是当时旅居加拿大的华侨集资买下后赠送给孙中山先生的。孙中山和夫人宋庆龄于1918年6月入住于此，1925年3月孙中山逝世后，宋庆龄继续在此居住到1937年。故居楼下是客厅和餐厅，楼上是书房、卧室和小客厅。故居的陈设绝大多数是原物原件，并根据宋庆龄生前的回忆，按20世纪二三十年代的原样布置的。1961年3月4日被国务院列为首批全国重点文物保护单位。孙中山文物馆是由一桩欧式洋房改建而成，共有8个展区，总展区面积700多平方米，共展出文物、手迹、资料300余件，其中绝大部分是第一次公开展出。往昔在上海期间，中山先生深居简出，生活简单朴素，平时见客，无论冬夏，总是一身中装或中山装。他日常佐餐仅三四味小菜，间有宴请宾客，多用闽菜招待。外出无自备车辆，有时雇用马车。每月生活应酬开支，由中华革命党本部事务所入账，个人并不领取薪水，故经济上常感拮据。

1925年3月12日9时25分，孙中山先生由于操劳过度，病情突然恶化，在北京溘然长逝，享年59岁。1925年4月11日，宋庆龄在北京料理完丧事后，回到上海仍居住在这里。1937年8月13日，侵华日军大举进攻上海，淞沪抗战爆发。宋庆龄尊重中共中央电告她立刻撤退到香港的建议，先后到香港、广州、重庆等地，继续领导人民进行抗日救国运动。在离开上海之前，宋庆龄细心地把家具、贵重物品等分别托付给亲戚、朋友妥善保管起来。抗日战争胜利后，宋庆龄回到上海把分散的物品重新集中起来，按照原样布置。1945 年年底，宋庆龄将此寓所赠予国民政府，以作为永久性纪念地。

宋家的女儿有三，长女宋蔼龄，次女宋庆龄，小女儿宋美龄。据美国罗比所著《宋氏三姐妹》中所述：宋家的次女庆龄，显得文静而温存，讲话轻柔，举止端庄，身材娇小而且体形优美，被认为是个美人儿。她是父母快乐的源泉。特别是因为她“听话”，所以最得母亲的疼爱。

年轻的宋庆龄才思敏慧，是个对历史，特别是对自己祖国的历史认真学习的女子。即使是在美国威斯里安女子学院念书时，她也热情地关心着中国人的幸福，在她的心目中她的幸福就是全体中国人民的幸福。

作为孙中山秘书的宋蔼龄即将结婚时，向孙中山推荐妹妹庆龄来代替她当秘书，孙中山赞成这个建议，庆龄也愉快地同意了。当宋庆龄第一次见到孙中山时，就迷上了他，其时孙中山正在东京流浪。但孙中山 1.59 米的身躯，在美丽的宋庆龄看来，竟是异常的伟岸。或许也没有人能分清爱和崇拜的距离有多远。婚后在宋庆龄的眼中，孙中山不仅是丈夫，更是自己的老师，自己的一生，将毫无保留地奉献给他 。她告诉挚友：“我的丈夫在各方面都很渊博，我从他那里都能学到很多。我们更像是老师和学生。我对他的感情就像一个忠实的学生。”宋庆龄的父亲，是孙中山的铁哥们，这个颇为开明的绅士却无法接受女儿的选择。有一天，宋庆龄的父亲找到孙中山的住所，他跪在孙中山面前，磕了三个响头说道："我的不懂规矩的女儿，就托付给你了，请千万多关照。"说罢，他痛哭离去。而一贯听父母话的乖乖女 22 岁的庆龄，坚决地从家里的窗子爬出来，嫁给了一个 50 岁的已婚男人——孙中山。

当朋友们知道孙中山和原配老婆离婚，准备另娶宋庆龄的时候，大家纷纷劝阻。但一向温和优柔的孙先生，这次却坚定得异常："不，如能与她结婚，即使第二天死去，我也不后悔!"他这样对朋友说时，阳刚得就像一个普通男子。宋庆龄对孙中山给她的爱只拥有了十年。1925 年 3 月 11 日下午，在北京医院的孙中山神志时而昏迷，时而清醒。他醒过来时，看到无助的宋庆龄，使出最后的力气，牵过宋庆龄的手吻在嘴边，说："亲爱的，你不要悲伤，好吗？我的一切，都是你的。"宋庆龄哭着回答："我一切都不要，我只要你。"她言时哽咽，泪如雨下。3 月 12 日上午 9 时 30 分，孙中山走了。此后，宋庆龄孤军奋战，她一如既往地忠于他的思想；在他的声音沉寂以后，她在漫长的岁月里成了他的代言人。在以后的漫漫岁月里宋庆龄继续不屈从于任何人和一切企图对她施加的压力，不去做她内心认为违背中国或中国人民利益的任何事情。在未来的艰难岁月中，由于她的正直、诚实和无私的行动，甚至那些不易对付的、对她爱挑剔的人，也认为她是中国的良知。

美丽的宋庆龄在拥有了孙中山给予她十年超幸福的日子后，开始了寂寞的一生，一直到 1981 年 5 月 29 日晚上 8 时 18 分，她也仙去……

飞虎将军

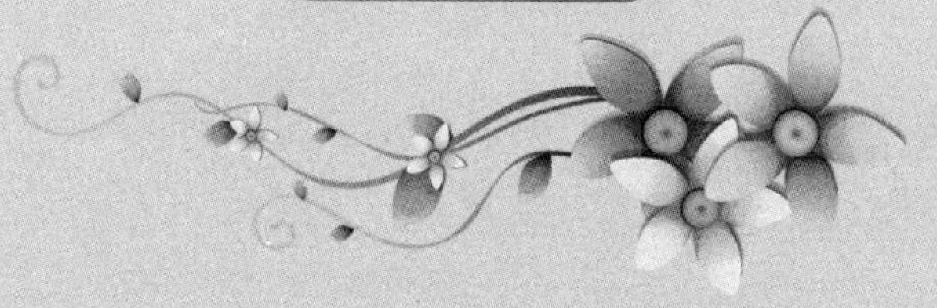

你来了

不知不觉

落一地的霞

你走了

无知无觉

任黑暗

牵着我

在思念中徜徉……

——《思念》

陈香梅和陈纳德将军结婚10年之后，陈纳德将军去世了，但陈香梅仍在美国拼搏自己和自己祖国的希望。陈香梅曾经深得美国8位总统的信任而被委以重任，参与和见证了众多重大历史时刻。1981年元旦前后，作为美国总统里根的特使访问北京，这成了她政坛生涯中最难忘的一次经历，让她备感在发展中美关系上自己的责任重大。

现在的上海虹桥路1440弄里有一幢陈香梅和陈纳德结婚时的老别墅。这地方距虹桥绿地很近，在10号地铁出口处的对面，已成为很多游客去认知飞虎将军陈纳德和陈香梅女士的好去处。

1947年12月21日，正好是星期天，美国飞虎队司令——57岁的陈纳德先生与23岁的中央通讯社昆明分社的第一位女记者——陈香梅小姐在上海的虹桥美华村5号陈纳德的寓所举行了婚礼。这是一幢3层楼的漂亮小洋房，底楼为会客室，2楼、3楼共有4间舒适的房间。小洋房前是中国式的庭院，绿茸茸的草坪上红花相间，两旁排列着枝叶扶疏的树木。顺着曲折的小径，有一座红瓦顶的亭子。在上海这座大都市中，这真是闹中取静的令人向往的居所（这就是现在的上海虹桥路1440号里的那幢老别墅）。陈香梅身着上海著名服装设计师法国绿屋夫人缝制的白色婚纱，陈纳德则是一身笔挺的美国空军将军制服，新人互相发誓愿终身相守后，将军用缴获的日本军刀切开大蛋糕，分给客人，来宾纷纷举起香槟酒，祝贺新人。两人的喜结良缘来源于一次陈香梅小姐对陈纳德将军的采访。这也印证了中国古代的一句老话："自古英雄爱美人。"

那是1945年圣诞节后的第二天，陈香梅坐在办公室里。她机械地翻阅着桌上来自美国的电讯稿，这是她到上海后养成的习惯。翻着翻着，一条简短的美联社电讯跃入她的眼帘：克莱尔·陈纳德少将已在旧金山搭机前往上海。她的心猛地直跳，几个月来她所期待的就是这一消息，因为她一直记着他离华前对她说的那句话："我会回来的！"几天后，陈香梅以中央通讯社记者的身份前往江湾机场，社里交给她的任务是采访重返中国的陈纳德将军。当陈纳德从飞机的舷梯上快步走下时，从记者群中一眼就看到了陈香梅，他大声呼唤："安娜！安娜！"那是陈香梅的英文名字。当晚陈纳德邀陈香梅到上海南京路上的国际饭店吃饭，这是当时上海乃至远东地区最高的建筑物，有24层楼。国际饭店有两个餐厅，一个是在4层楼的西餐厅，另一个是在14层楼的中餐厅。他们进了中餐厅，陈纳德知道陈香梅喜欢吃粤菜。就是这次相会陈香梅知道她的心中已无别人可替代陈纳德。在20世纪40年代的中国姑娘，嫁给一个外国人，尤其是嫁给一个比自己大30多岁的男人，确需要有非凡的勇气。陈香梅曾动情地对人说："我宁愿和一个我爱的人，共度5年或10年的日子，也不愿跟一个我没有兴趣的人相处终生。"

陈香梅，陈香梅教育基金会董事长，著名社会活动家，著名侨领，原美国共和党少数民族全国主席及亚裔委员会主席，美国中美友好协会主席，全美70位最有影响力的人物之一。她出生于1925年6月23日的中国北京，父亲陈应荣年少出国，在英、美受教育，得过英国牛津大学法学博士和美国哥伦比亚大学哲学博士学位，回国后当过教授、编辑、外交家；母亲廖香词也在英、法、意读过书，读的是音乐和绘画。陈香梅的外祖父廖凤舒与廖仲恺更是亲兄弟，当过古巴公使和日本大使。陈家共有6个女孩，陈香梅排行老二，她从小喜爱文学，英文基础很好。1937年"七七事变"后，她随全家流亡香港，四年后香港被日军占领，她在母亲去世、父亲远在美国任职的情况下，和姐姐一起带着小妹妹们跟随流亡队伍跋涉几千里，经澳门、广州、桂林、重庆，辗转来到昆明。在美国的父亲闻讯后，要她们姐妹六个去美国学习，只有陈香梅拒绝了。她说："我不能在祖国受难时离开她。我要工作，要尽我对祖国的责任。”1944 年，陈香梅加入中央通讯社昆明分社，成为中央社的第一位女记者，凭着她熟练的英语和良好的素质，她被派往采访飞虎将军陈纳德。初次见面，陈香梅就被这位将军的风采深深吸引。

那天当陈香梅走进一间标有“会议室”的大房间时，里面已经坐着十几位中国和外国的记者，清一色的男子。这时会议室尽头的一扇门轻轻打开，记者席中有人轻轻地说了一声：“老头来了！”这是记者和第 14 航空队的官兵送给陈纳德的雅号。个头不高的陈香梅透过前排记者的肩膀，看见一个满头黑发的美国将军阔步进来，他那刻满皱纹的脸上有一双炯炯有神的眼睛，那件已经不新的皮夹克上嵌着两颗银光闪闪的将星。记者招待会开始了，陈纳德以平稳的语调说道：“下午好，先生们！”当他的目光习惯地扫视会场时，看见后排有一件醒目的丹士林蓝旗袍，旗袍上面是一张稚气未脱的瓜子脸，后脑还露出两根小辫子，于是连忙加上一句：“还有女士好！”第一次采访战地新闻的陈香梅虽然绞尽脑汁想提一个精彩些的问题，但她完全被陈纳德的话语吸引住了，直到招待会结束，她还想不出一个合适的问题。当她随着男记者们准备离开时，看见陈纳德微笑地朝她走来。这一步一步的走近，便开始上演了一场将军与美人的吸引世界眼球的旷世奇缘。

为了避开战乱，远在大洋彼岸的陈应荣决定把女儿们接往美国，陈纳德的秘书很快就为陈香梅和她的 4 个妹妹办好了去美国的签证。当拿到盖有签证的护照和飞往印度的机票时，陈香梅的几个妹妹都非常高兴，然而，陈香梅的心中却有一种难以言状的滋味。她去向陈纳德致谢并道别。这位飞虎将军似乎看出了陈香梅的心思说：“如果你不想去美国，我可以请秘书去取消你的签证。不过，你要仔细考虑一下。”陈香梅自己明白，她其实愿意留在中国，19 岁的她希望自主，她喜爱新闻记者这份工作，她更愿意留在陈纳德的身边。多年以后陈香梅在谈起这段往事时承认陈纳德是她留下来的一个主要原因。陈纳德对陈香梅的这个选择非常高兴，他也愿意她留在他的身边。

1945 年 7 月，“飞虎队”司令陈纳德从美国军队中退役了。消息一传开，百姓们都依依不舍前来与这位曾率领“飞虎队”英勇抗日的陈纳德将军道别，最后一个与陈纳德道别的是前来采访新闻的陈香梅。两人都没有说话，但一切又似乎尽在不言之中。陈香梅低着头说：“明天我会到机场为你送行的，将军！”陈纳德伸出双臂拥抱住她，充满自信地说：“我会回来的！”

陈香梅和陈纳德将军结婚 10 年之后，他去世了。但陈香梅仍在美国为了自己和自己祖国的希望而拼搏。陈香梅曾经深得美国 8 位总统的信任而被委以重任，参与和见证了众多重大历史时刻。1981 年元旦前后，作为美国总统里根的特使访问北京，这成了她政坛生涯中最难忘的一次经历，让她备感在发展中美关系上自己的责任重大。

附注：

克莱尔·李·陈纳德，或通常直接称呼为陈纳德（1893 年 9 月 6 日—1958 年 7 月 27 日），美国陆军航空队中将，飞行员，曾为第二次世界大战时在中国作战的美国志愿航空队

（“飞虎队”）的指挥官，有“飞虎将军”之称。陈纳德的飞行技术精湛，但征途坎坷。他的战友都荣膺校官，可46岁的他还是个尉官，这对于一个好胜心很强的人来说心情可想而知。当时他的身体也不好，于是他的上司顺水推舟，于1937年4月以上尉军衔让他退役。正在这时，他的好友霍勃鲁克从中国来信，问他是否愿意来华任职，他答应了。1937年5月29日，陈纳德踏上了中国的土地。当陈纳德即将完成对中国空军的考察时，抗日战争爆发了，他决心在蓝天上实现自己的抱负。1942年5月，日本占领缅甸，切断了滇缅公路，中断了中国经海路和陆路获取战争物资的要道。为了保持国民党政府所要求的战略物资的不间断供应，美国和其他盟国领导人同意进行一个持续的空中补给工作，主要由美国陆军航空队负责。1942年7月，美国陆军航空队一个新的航空运输司令部成立，成员主要来自美国陆军航空队，也有英国和印度的英联邦部队，缅甸劳工团队和中国国民航空空运科。

这条空中通道就叫“驼峰航线”。由陈纳德直接组建和指挥的“驼峰航线”是“二战”时期中国和盟军一条主要的空中通道，始于1942年，终于“二战”结束，为打击日本法西斯做出了重要贡献。“驼峰航线”西起印度阿萨姆邦，向东横跨喜马拉雅山脉、高黎贡山、横断山、萨尔温江、怒江、澜沧江、金沙江，进入中国的云南高原和四川省。航线全长800多千米，地势海拔均在4500～5500米上下，最高海拔达7000米，山峰起伏连绵，犹如骆驼的峰背，故而得名“驼峰航线”。“驼峰”则位于喜马拉雅山脉南麓的一个形似骆驼背脊凹处的一个山口，由于它的海拔高度高于当时美国主要装备机型（DC—3、DC—46、DC—47）最大爬行高度，故飞行时难度很高。这里是中国至印度航线的必经之处，通过这条运输航线，中国向印度运送派往境外对日作战的远征军士兵，再从印度运回汽油、器械等战争物资。1942 年 5 月—1945 年 3 月，美国为这条航线献出了 1500 个年轻的优秀飞行员和 600 架飞机。1995 年落成的南京抗日航空烈士纪念碑上刻有 3294 名中外航空烈士的英名，其中中国 870 名、美国 2180 名、苏联 236 名、韩国 2 名。在这 2180 名美国航空英烈中，有 1500 名是陈纳德的部下和战友，何等可歌可泣的历史！陈纳德及其飞虎队在抗日战争中的贡献获得高度的评价。1958 年 7 月 27 日，陈纳德因病在美国华盛顿去世，终年 67 岁。

三毛的周庄

你读遍了

一个趋冷的宇宙……

高山峻岭

江河湖泊

温柔的湿地

清软的丘陵

一处处行将干枯的灵地

瞬间生辉

像一万个太阳

像一万个月亮

让黑暗逃遁

你读时洒下的泪

一点点

一寸寸

滋润冰冻

叫枯树逢春

命鸟儿啾鸣

懂事的虹

飞来

赶跑雨季

……

——《读》

三毛是悄悄地来到周庄的，她没有惊动周庄任何方面的人，她说这样可以自由自在地活动，想坐就坐，想吃就吃……已是黄昏时分，三毛要离开周庄了，她抬起沾满泥浆的鞋子说："这才像三毛，有旅游感！"她说："自从踏上大陆那一刻，我的心灵就在经受人生第三次震荡。第一次是19岁到巴黎见到埃菲尔铁塔；第二次是荷西的死；这次回到魂牵梦绕的故土，我常常会不由自主地流泪，我是怀着赤子之心来的哟！"三毛临行时说："明年还要再来……"

1988年的春天，我去周庄寻老亲，只知道这门亲姓徐，住在富安桥边上，夫妇两个年事已高，有一双儿女，其他一概不知。那时去周庄没有直通车，从上海出发先要到青浦，再转道去周庄。去周庄的小道掩映在连天碧绿的庄稼之中，弯道极多，令人头晕。但我带着任务而去，反而不觉苦，倒生出几分快意，美滋滋地东张西望，只见天很蓝，白云丝丝朵朵随意缓缓飘动，满目的庄稼地绿油油的，小道两旁栽的都是垂柳，那种柳很有亲和力，对每个人都欢迎般地拂枝。我们坐的公交车因破旧一路发出嘎吱嘎吱声，这倒也让旅途不再寂寞。始料不及的是，这次的寻亲之路，让我与周庄结下了 20 多年的情缘。

在一路绿色的陪伴下，周庄到了，刚下车的我，寻亲的激动还未消，另一种激动油然又起，眼前的周庄是那样的眼熟，似乎在梦里见过，似乎在这里生活过。眼前几条窄窄幽幽、弯弯曲曲的卵石小道交错纵横形成街市，街市两旁密密匝匝的都是夫妻老婆店，叫卖的也都是当地特色产品：糕饼、虾米、河鱼干、青咸菜、青豆。夫妻老婆店一概古色古香，屋后一概傍着小溪，溪旁又都有用于自家洗刷的河滩。那天我看到河滩上正在洗刷、淘米、洗菜的妇女，又都一概头上包着一块包头布，大襟收腰的服饰、蓝布围腰，干净、利落，典型的水乡妇女形象。还有周庄的那一座座古朴、饱经沧桑的石板桥，座座扎扎实实地横跨在小河上，像极了一位位年老的尊者，守护着他的子孙。周庄古镇不太大，但它被周围绿色的农田、飘着炊烟的农舍、轻轻摇动的湖泊簇拥着，像极了一颗珍珠，或者说是一位养尊处优的闺阁姑娘。这让一直生长在闹市，又酷爱看书并将书中古景、民间小镇深深印在脑海的我一下子爱上了周庄。同时我也在想，周庄将历史上的水乡小镇保护到现在是多么不易，要经过多少双呵护它的手啊！

那天，我去了富安桥，没寻到亲，有的说他们是殷实户，早已迁往上海；有的说二老早就过世，儿女学业有成，在外面干大事呢；有的说新中国成立前他们就举家搬往英国了。说实话，那天我不想再寻下去，因为在周庄像他们那样的家庭太多了，再查下去全会跟沈万三有点瓜葛。但我庆幸发觉、认识了周庄，我的审美趣味告诉我："周庄是我国的宝贝！"这想法以后被千真万确地验证了。现在的周庄有桂冠如下：①列入联合国世界文化遗产名录预备清单——周庄镇；②联合国迪拜国际改善居住环境最佳范例奖；③联合国亚太地区文化遗产保护杰出成就奖；④世界最佳魅力水乡；⑤中国最值得外国人去的50个地方之一；⑥欧洲人最喜爱的中国十大景区之一；⑦中国首批历史文化名镇；⑧全国环境优美镇；⑨中国旅游知名品牌；⑩国家5A级旅游景区；⑪美国有线电视新闻网（CNN）评出的"中国最美的五大水乡。"

从此，我每年都要去周庄两次。起先我只是以一个游客的身份去赏读周庄。后来才认识了周庄当时的镇长庄春地和当时周庄旅游公司的总经理屈玲妮女士（屈现在是苏州相城区委宣传部部长）。当他们知道我痴迷周庄时说："特别喜爱痴迷周庄的还有陈逸飞先生和中国台湾女作家三毛（可惜两位都已仙去）。"陈逸飞把周庄的双桥推向了世界，也把周庄带到了世界。到过周庄的三毛因和周庄本地作家张寄寒的书信来往为周庄留下了一座三毛茶楼。三毛茶楼位于周庄中市街（近普庆桥)，枕河而居，在古镇周庄显得很突出。这个装修简陋的小茶楼，近些年来已接待过成千上万的海内外游客和许多知名政界人士和文艺界人士，被中央电视台和香港凤凰卫视，以及新加坡、中国台湾等多家电视台拍摄成专题片，日本旅游时尚杂志、中国香港《大上海》杂志也制作专题对其进行介绍。人们说去周庄是一定要看看三毛茶楼的。其实茶楼并不大，小小的两间屋光景，没有刻意的装潢，朴素，却又让人备感亲切。楼上的墙上陈列着三毛的介绍和画像，贴着有关三毛的资料，以及楼主和三毛的信件往来，还有游客的信件。楼主张寄寒先生，他与三毛的一段书信来往，笔的神交，让三毛茶楼为了纪念三毛来过周庄而开办。到茶楼除了喝茶，聊三毛，还要喝一喝阿婆茶，那是一杯茶加上放在一个木盘中的各色小吃点心，有五香豆、笋豆、枣泥饼、瓜子、花生等，足有近十种，很有乡土味。阿婆茶是周庄中老年妇女的一种休闲方式，也是当地的一项文化特色。

1989年4月13日，春雨霏霏。曾著书《梦里花落知多少》《随想》《撒哈拉沙漠的故事》《稻草人手记》《雨季不再来》的三毛在专人陪同下，去寻访她神往已久的江南水乡古镇周庄，一片绵绵的细雨中，汽车往周庄方向的乡镇公路疾驰，三毛睁大双眼，盯着车窗外雾蒙蒙的天地。天地间时隐时现的田野、村舍、湖泊，缥缈着掠过。汽车从陈墓（锦溪）开往周庄不久，路过一个烟波浩瀚的大湖，三毛问陪同者：“这是个什么湖?”“江南水乡著名的澄湖。”陪同者又向三毛说了澄湖上的马石、寝浦朝的传说等故事。三毛一边听一边陷入遥远的沉思，她说她想起了小时候听外婆讲故事的情景。周庄到了，三毛走上刚落成的周庄大桥。陪同者告诉三毛："这儿原来是个相传数百年的渡口，1988 年 2 月，大桥才落成，永远告别了那个古老的渡口。"三毛不无遗憾地说："如果能赶上那最后一渡，多有意思！"从大桥步行进入周庄，两岸的油菜花正沐浴在一片潇潇的春雨里，路边金灿灿的菜花田，经过雨水的冲洗盛开得清新迷人，雨丝在碧绿的菜叶上凝聚起一颗颗晶莹的水珠，又一颗颗滑落融入沃土。三毛伸手轻轻摘下一片菜叶，含着泪放进嘴里说："在台湾几乎见不到油菜花了。"那个 4 月，三毛游在上海时，有人向她提议："你可以去周庄玩玩，那里至今还保存着明清一条街和许多古老的石拱桥，民风古朴。""呀，你怎么知道我要去周庄，你可不要跟别人说，都去就糟糕了。"三毛孩子气似地恳求提议者。

在周庄的长街曲巷，他们走过一座又一座的石拱桥，走过一条又一条的石板路，鳞次栉比的古屋、桥楼、骑楼、过街楼，水墙门，三毛说她看到这一切，连心也跳得特别快，很难控制自己内心的激动，半生的乡愁，一旦回归这片土地，感触不能自已。

三毛是悄悄地来到周庄的，她没有惊动周庄任何方面的人，她说这样可以自由自在地活动，想坐就坐，想吃就吃……已是黄昏时分，三毛要离开周庄了，她抬起沾满泥浆的鞋子说："这才像三毛，有旅游感！"她说："自从踏上大陆那一刻，我的心灵就在经受人生第三次震荡。第一次是 19 岁到巴黎见到埃菲尔铁塔；第二次是荷西的死；这次回到魂牵梦绕的故

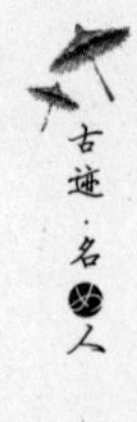

土，我常常会不由自主的流泪，我是怀着赤子之心来的哟！”三毛临行时说：“明年还要再来……”

让人不敢相信的是，1991 年 1 月 4 日也就是三毛从周庄回去不久，她在台湾医院的浴室上吊自杀。三毛为何自杀，至今都是一个谜……但有一点是可以肯定的，周庄人民不会忘记她！

三山岛

好沉

裹着夜的大衣的身躯

寒冷

枕上

静的诉说

掘出鬓边二行细流

于是

身体被攫住的力量

托起……

托起……

——《轻松》

世称“小蓬莱”的苏州三山岛，位于太湖之中，距洞庭东、西两山均隔三千米。全岛有北山、行山、小姑山三峰相连，岛边泽山、厥山、蠡野山，群岛罗列，构成了总面积2.8平方千米的美丽奇异的湖岛风光。它四面皆平湖，山屹立于其中，孤绝而精巧，正因为它独特的地理环境，原生态才没遭破坏，又幸亏有一位殷殷保护岛上古迹的领头人——村支书吴惠生，才为国内外游客留下了这一扑朔迷离的湖中美景。三山岛历史悠久，古吴文化源远流长，1984年在此发现挖掘出来的有12000年以前的旧石器和古脊椎动物化石，被称为“三山文化”，证明太湖流域同样为中华民族的发祥地。岛上明清古建筑30多栋，石刻石雕、盆景花卉、美不胜收、观之有味，被称为值得一睹的绝佳文物。三山岛是太湖石的原产地，还有天上掉下的特大陨石、地上喷出的火山石……

因三山岛土著居民乃若繇余氏，当年治水有功，受大禹王封赐姓吴，吴氏家族世居三山，独立成村，常有海内外吴氏宗亲前来寻根访祖。有一次从国外来了吴姓的四口之家，丈夫说太太梦中梦见有一座妈祖庙，妈祖对她说："我就住在你们的老家。"为此，他们全家去了父亲的家乡，去了母亲的家乡，但都没有妈祖庙。后来他们得知他父亲的一族原本来自苏州三山岛。当他们踏上苏州三山岛，看见三山岛上的娘娘庙里的胜玉公主像时，他的太太大叫起来："就是这座妈祖庙！就是这位妈祖！"原来这四口之家已寻访妈祖庙多时，现在终于在三山岛找到了！他们全家抱着跳起来呼叫："找到老家啦！"

"仙岛无仙人人仙，山中有画处处画。"一年前的七月，骄阳如火，因为这赞美苏州三山岛的诗句，让我和我的那班爱觅脱落市尘俗气的知己直奔苏州太湖三山岛。那天我们是在黄昏时分上的岛，为不耽搁第二天的工作，必须当夜赶回上海，故留在岛上只有三个小时。为了节约时间，我们打了"的"绕小岛转悠，说是"的"，其实就是一辆黄鱼车上加张顶篷的手动车，三山岛禁止一切机动车运行，这让它更显幽静和美丽。"的"在仅能供两个人并肩行走的小路上缓缓行走，长长的果树枝拂着脸颊，顺道一会儿转弯，一会儿转弯，两旁不多的农舍掩映在绿色之中，袅袅炊烟细细长长地飘向空中再慢慢散去。这景象与“大漠孤烟直，长河落日圆”的大漠景致和北方冷峻深远的景象极为反差，让这碧波之中的江南小岛又添几分福气。小道两旁都是果树，有橘树、枇杷树、枣树、梨树、桃树等，它们统一都有着浓重的绿叶，缝隙间斑驳的斜阳穿落下来，有的投在地上像一幅幅意味深邃的现代画，有的落在我们肩上、背上、腿上、身上一跳一闪的，让人感觉儿时般的温馨。最是树上挂着的桃子、李子在我们的头发上一掠而过，让我无法拒绝它的诱惑，不顾树枝掠在脸上的痛，我伸手去摘果子，抹一抹放进嘴里嚼，那满口汁水的甜和清纯是无法用言语述说的，我想那份甘醇恐怕只有天上才能与之媲美吧。我的同伴也欲去采，但那“的”有点倾斜了，驾车的小伙说：“都站起来车要不稳的，我停车你们采几个尝尝也无妨，山里多的是果子。”他这样说，我们反倒不好意思去采了。三山岛上有座娘娘庙又叫集福寺，吴妃祠，我们去的时候看见一个敦实的中年汉子领着几个村民在扛木头，剖竹子，修复破旧的娘娘庙，只听他突然“哎呀”一声叫，原来是一枚钉子扎进他的脚底，只见他咬着牙，拔出钉子，用毛巾包扎一下伤口，又去扛木头了，嘴里还嘀咕说：“娘娘啊娘娘，我帮你修庙，你还扎我的脚。”后来才知道他——就是三山岛的村支书吴惠生。

娘娘庙的对面就是太湖，风平浪静时，碧波万顷，落日的余晖星星点点洒在湖面上，碎金般摇动，气象万千。湖里有一方芦苇，芦苇中有一棵高大苍老的杨柳树，这块地方叫小姑亭。老杨树下有一方水葬台，关于这个水葬台，传说是吴王阖闾的小女儿胜玉公主的水葬台。据说胜玉公主最爱吃鱼。有一次，太湖渔民进贡一条大鳜鱼给吴王，阖闾尝后觉得味道特鲜美，吃了一半想起才失去母亲的女儿胜玉最喜爱吃鱼，就把鱼翻转身命人送入后宫给女儿吃。胜玉公主发觉此鱼已被人吃过，是一条残鱼（她不知是吴王吃的），她想我乃一国公主吃人家吃剩下的残鱼，再想母亲是三山岛人，按习俗不吃鳜鱼的。现在母后亡故，吴宫内乱吃鳜鱼，父王已把我母亲完全忘却。她越想越憋足一股冤气，便出宫在阊门外跳河自杀。吴王得知长叹一声，把她隆重安葬在外婆家太湖三山岛。她爱吃鱼，就制作船棺，水葬太湖中，封她坐镇太湖专管太湖鱼虾渔船，并在岸边建庙，叫集福庵，乃吴家家庙（注：在吴语中，吴与鱼同音，吴的古文字形即是一条大鳜鱼，是远古吴人赖以生存的水族生命源图腾）。说也奇怪，自建了娘娘庙，三山岛渔民外出捕鱼难得遇到风浪，总是风平浪静，满载而归。三山岛百姓都说是娘娘在保佑他们，因此太湖渔民对娘娘菩萨十分敬重，香火不断，祈求平安。渔民自己渔船上岸修理时都把娘娘庙内的小神船带着修理，整理篷樯绳索，擦上桐油。所以娘娘菩萨的小神船一直保持油光锃亮。因娘娘菩萨是处女身，没结过婚，所以三山岛上有个习俗，新婚夫妇不得双双同行于娘娘庙前，新娘出嫁时花轿更忌在娘娘庙前通过。

据学者考证：建于春秋时期的苏州三山岛娘娘庙是东南亚一带妈祖庙的起始鼻祖。

附录　季节诗作选辑

我回来了

驶出死海
妈妈
我回来了
这条小船已疲惫不堪

我回来了
妈妈
这条该停泊休整的小船
可靠在哪岸

阳光下
伏在您的膝上
被您粗糙的大手宠着
妈妈
我想躺进摇篮

悄悄

满纸

爱你爱你爱你

顿时

红飞两颊

慌忙推开涌来的浪

却已

打湿心房……

交错

又一次错过

飘动的网

支点开始松动

我来

你走

同一片阳光也无奈

无言的电话

我提起

你放下……

咫尺天涯

那一半香了一条路

每次病后我总有再生的感觉
就像枯了一冬的草
在春风里又穿上绿色的衣裳
……

冬
其实是最恋草的
送来的风也如吻
软的让人晕让人醉

每次病后我总转过身
扔掉一些诗
打理打理花
既然盛期已过让它随风吧

风
却是一位多事的君子
总把花香带走一半留下一半
于是那一半香了一条路
……

又到七夕

风

一次一次掠过

鸟

一年一年等候

七夕

总伴着酷暑

让泪躲在汗水里

再命汗花点红脸庞

……

七夕的美丽

在雪山

七夕的美丽

在浪间

现在广被盗用只是一个节名

就像一件件“皇帝的新衣”

十月的绿丝带

十月
一个神秘的日子
玄机慢慢绽开
呼吸也
悄悄

飘飘荡荡的绿丝带
挣脱羁绊
晃悠悠
系住一颗寻找的心

吸口气
小心小心往前移
……

绿丝带那端系住的
可是一颗相同的心

自画像

心上
刻着好多好多文章
和着红的血绿的年华
像蝴蝶像仙人掌

有一天
抛洒全部的绿叶……
吻了刺了笑了哭了
让她雨一般地下
自此心休航

避开人群抖开化妆盒
往脸上涂世故点笑靥
抹一脸灿烂

精神抬起头
鞋跟儿咚咚响
于是
人们窃窃私语
看哪
一个多么幸运的人儿

诗缘

多少次

多少次回首

多少次

多少次又伫立

偏是

生命的绿

总落在你的影子里

让我弯腰重又拾起……

现代能人

总觉得有鞭子
一下一下抽打自己
这就是节奏

总觉得有无底的
债要还
这就效益

总觉得有无数焦虑
由一双手支撑
这就是能力

什么都有了
就是没了自己

四月江南油菜花

绽的肆意

黄的疯狂

四月的江南

油彩花最亮

一簇簇，一蓬蓬

敢把霸气荡漾

一洼洼，一片片

大胆列入“花”行

骄阳下

为酿“油”的芳香

花朵儿

自杀般地坠落，

塑溪而下，遇泥而安

等待……

等待明春的

再次绽放

网

我将一泓馨香
抛向夜幕
让思念坐上星星
托清月
送往

我用一次次的
失眠
把酒一般的思念
洒向花蕊
添香

阳光下
迈轻快的步
从两端
朝着一个中心
旋转

不要讲话
无声最好
不用对视
暗也无妨

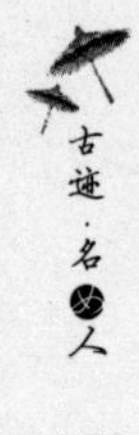

一刹那
已握住
飘来的
网……